변덕 마녀의 수상한 죽 가게

변덕 마녀의 수상한 죽 가게

1판 1쇄 인쇄 2023. 10. 5.
1판 1쇄 발행 2023. 10. 16.

지은이 나우주

발행인 고세규
편집 김애리 디자인 박주희 마케팅 박인지 홍보 박상연
일러스트레이션 장멍날
발행처 김영사
등록 1979년 5월 17일(제406-2003-036호)
주소 경기도 파주시 문발로 197(문발동) 우편번호 10881
전화 마케팅부 031) 955-3100, 편집부 031) 955-3200 | 팩스 031) 955-3111

값은 뒤표지에 있습니다.
ISBN 978-89-349-4171-2 03810

홈페이지 www.gimmyoung.com 블로그 blog.naver.com/gybook
인스타그램 instagram.com/gimmyoung 이메일 bestbookgimmyoung.com

좋은 독자가 좋은 책을 만듭니다.
김영사는 독자 여러분의 의견에 항상 귀 기울이고 있습니다.

번덕 마녀의 수상한 죽 가게

나우주 번아웃 소생 에픽

김영사

깊은 밤.
마녀는 방바닥에 앉아 창에 얼비치는 달빛을 봅니다.
손바닥으로 왼쪽 가슴께를 짚습니다.
나머지 손을 포갭니다.

"거기서 끓어오른 것이니 거기서 해결해.
다른 누구도, 어떤 장소도, 어떤 약초도, 어떤 형상도 아닌
오직 거기 있는 너만이 할 수 있어.
내 마음의 뿌리, 단 하나의 진짜 나."

방 안에 고여 있는 달빛을 봅니다.
이 빛을 따라가면 진짜 달을 만날 수 있겠지…….

어쩐지 온 우주의 '진짜들'이
고독하게 버티고 있을 것만 같습니다.
알아주기를,
찾아내주기를 말입니다.

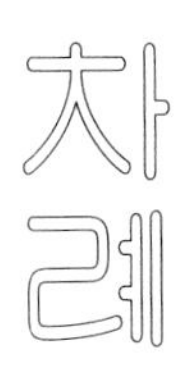
차례

프롤로그 9

1 궁산에 한 마녀가 살고 있습니다

자유로워질 거야 11
만족을 모르는 존재 18
생을 앓고 있구나 25
완전히는 신의 계획에 없을지라도 29
나 하나 바꾸기도 어려운데 33

2 서초동에 한 마녀가 살고 있었습니다

변덕이 죽 끓듯 37
욕망은 보랏빛 41
괜찮아 44
네 안엔 너밖에 없어 48
떠나세요 55

3 여기저기 떠돌아다니는 한 마녀가 살고 있었습니다

아무거나 먹지 말 것 63
내려놓으세요 71
줄을 놓으면 되잖아 78
구역을 조금씩 넓혀주는 거야 83
도망친 거였어 92

4 정신건강의학과 703호에 한 마녀가 살고 있었습니다

확실한 신분 99
자신을 닦달하지 말 것 101
이렇게 단순할 순 없다 106
좀 비켜주겠니? 109
정착 114

5 궁산에 한 마녀가 살고 있습니다

누군들 힘들지 않겠습니까 119
고통 없는 존재 123
일몰의 황홀함 127
감의 마지막 133
단 하나의 진짜 나 142
살아냅시다 148

에필로그 151
작가의 말 155

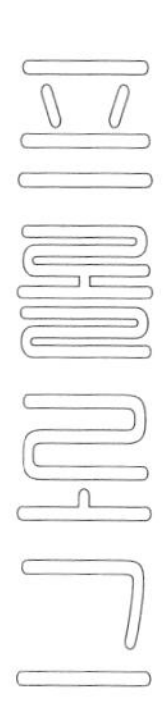

마당에 있는 굵은 플라타너스 둥치에 앉아 무릎 위 치마 끝을 만지작거립니다.

"나는 누굴까……."

플라타너스가 잔가지를 흔듭니다.

"또 생각이 끓어오르기 시작했구나."

혼잣말을 잇습니다.

"진짜 나를 만나고 싶다……."

폴짝 일어나 마당 가운데로 갑니다. 마녀는 마음이 어수선할 때마다 죽을 끓입니다.

걸어놓은 솥에 물과 쌀가루를 넣고 장작에 불을 붙입니다. 주걱으로 젓습니다. 보글보글 부글부글 방울방울 퐁퐁, 죽이 끓어댑니다.

손이 빨라집니다.

"이놈의 죽은 수시로 저어줘야 해. 어찌나 부글대는지."

거품 없애는 약초가 없나 바구니를 뒤적거립니다. 이것저것 넣어봐도 요란하게 퐁퐁 터집니다.

"이놈의 죽 방울. 끝없이 올라오니 멈출 수가 없네."

투덜댑니다.

그래도 마음은 서서히 가라앉고 있습니다.

속 대신 솥 안의 죽이 끓고 있기 때문입니다.

궁산에 한 마녀가 살고 있습니다

1

자유로워질 거야

서울 서쪽 끝자락, 궁산°이라 불리는 작은 산기슭에 한 마녀가 살고 있습니다.

집은 디귿자 형의 개량 한옥으로 마당에는 담장을 따라 굵은 플라타너스와 홍매화, 황매화, 벚나무, 이팝나무, 라일락, 개나리, 철쭉, 장미가 줄지어 있습니다. 담장 밖으론 대나무가 둘레를 에워싸고 있어 바람 불면 비비대는 소리가 스스스 공명합니다.

3월 초입의 정오입니다.

먼저 꽃잎을 터뜨린 홍매화는 싸늘하면서 부드러운 두 계절의 교차 바람을 만끽하고 있습니다. 마녀는 매화의 진분홍 꽃송이를 손가락으로 톡 건드립니다.

"너는 좋겠다. 네가 너라서."

매화가 묻습니다.

"너는 네가 아니니?"

° 서울 강서구 가양동에 있는 높이 89미터의 동산. 야트막해서 산책로로 좋다. 한강 조망이 좋으며 서울식물원, 마곡지구가 인접해 있다.

"나도 나지."

"그런데?"

"나는 내가 싫어."

시무룩해져 고개를 숙입니다. 하얀 운동화 코로 흙바닥을 콕콕 찍습니다.

"왜 싫어?"

"복잡해."

"뭐가?"

"머릿속이. 뭐랄까, 생각이 많아. 게다가 수시로 바뀌어. 기분도. 내 마음이…… 내 마음대로 안 돼."

매화가 달래듯 꽃 한 송이를 떨어뜨려 줍니다.

정수리에 올려진 매화꽃을 집어 바구니에 넣습니다. 산 약초를 캐러 가는 발걸음이 오늘따라 무겁습니다.

하늘 높이까지 뻗은 궁산의 굵은 나무들은 겨우내 발가벗은 그대로 앙상합니다. 키 작은 나무들의 잔가지엔 연둣빛 새싹이 돋아 있습니다.

'마음을 다스릴 특효약을 찾자.'

작정하고 빼곡한 나무 사이로 들어갑니다.

"개망초, 삼백초, 구절초…… 아니 아니야."

눈을 이리저리 굴려보지만 적절한 약초가 보이지 않습니다. 해가 중천에 걸립니다. 소나무 둥치에 앉아 빈 바구니를 보자 한숨이 나옵니다.

"변하지 않는 단단한 마음을 갖고 싶은데."

무릎을 끌어안습니다.

"그런 게 어딨니?"

고개를 젖혀 소나무 잎을 봅니다.

"이 세상에 없는 게 어딨니?"

"변하지 않는 건 없어."

"그럴 리가. 소나무야 소나무야 언제나 푸른 네 빛."

노래합니다.

"나도 누렜다 푸르렀다 해. 죽기도 하지. 언제나라니. 가당찮게."

"한결같은 생각, 변치 않는 마음, 영원한 약속, 흔들리지 않는 신념 같은 게 있을 거 아냐."

"없어."

"이봐 소나무. 나야 워낙 종잡을 수 없다 쳐. 아닌 존재들이 있잖아. 늘 그대로여서 듬직한. 닮고 싶다고. 적당한 약초가 있을 거야."

"마녀야. 적어도 이 자연 속에는 그런 거 없어. 허탕 치지 마."

"어째서?"

"자연은 매 순간 변해. 변하지 않는 건 없다는 것만이 변하지 않는 진실이야. 그러니 이 안에 '불변의 약초'란 게 있을 리 없잖아."

무릎 위에 턱을 굅니다.

"나조차 나를 믿을 수가 없어. 생각이 수시로 바뀌거든."

"수시로 바뀌든 드문드문 바뀌든 생각은 변해. 고정된 생각이 어딨다고."

발그레 화색이 돕니다.

"그래?"

"마음도 변해. 안 변하는 마음은 없어."

"그래. 그렇지?"

수긍하면서도 쓸쓸합니다.

"슬프다."

“자연스러운 거야.”

“허무해.”

“순리야.”

“외로워.”

“받아들여.”

발치의 작은 돌을 살살 굴립니다. 잠시 그렇게 있습니다.

“아니야. 그건 부족한 존재들의 변명이야. 이 생각 저 생각 이 마음 저 마음에 끌려다니며 사는 내 안은 황폐해.”

“쯧. 변화를 수용하지 못하는 한 계속 헤맬 수밖에.”

“적당한 약초나 비방이 있을 거야. 귀해서 찾기 어려운 거지.”

일어나 엉덩이의 흙을 툭툭 털어냅니다. 숲속 더 깊숙이 들어갑니다. 해가 기울어 어둑해지고 날이 새고 아침 해가 오르도록 바구니는 비어 있습니다.

‘꼭 찾겠어.’

눈에 불을 켜고 샅샅이 살핍니다.

‘늘 변하는 생각과 감정이 문제야. 2년째 궁산 자락에서 조용히 지내는데도 여전히 속 시끄러운 건 내면의 고요가 없어서야. 약초

를 먹어서라도 평온해지겠어.'

사나흘 계속 헤매고 다닙니다. 평정심과 중도의 기운을 품은 약초 혹은 그 어떤 것도 보이지 않습니다.

'자유로워질 거야. 나로부터.'

다섯 번째 숲의 밤이 찾아옵니다. 흙 위에 뻗습니다. 저기 나뭇가지에 달이 걸려 있습니다.

"달은 변함없이 뜨는데."

소나무가 측은하다는 듯 혀를 찹니다.

"한 번도 같은 모습인 적 없어. 달도 해도 나도 너도."

"아아, 싫어."

"변하는 건 당연하다고 인정하면 힘들 것도 없어."

마녀는 누워 몸을 오른쪽으로 왼쪽으로 뒤챕니다. 엎드려 흙냄새를 맡다가 하늘을 향해 돌아눕습니다. 일어나 앉습니다.

"그래. 난 워낙에 생각이 자꾸 바뀌어. 마음도 수시로 변해. 그러니까 일찌감치 '변덕죽'을 끓였지."

"옳지."

소나무가 맞장구를 칩니다.

"변하지 않는 건 없어. 인정해."

숲을 빠져나와 집으로 갑니다.

점점 발걸음이 느려집니다.

"하지만…… 끌려다니고 있으니 노예 같아. 마음 감옥에 갇힌."

하늘을 봅니다. 보름달이 며칠 사이 반달이 되었습니다.

"하나쯤은…… 변하지 않는 게 있었으면 좋겠다. 꼭 붙들고 살아갈."

달빛이 창백해 보이는 건 기분 탓일 겁니다.

만족을 모르는 존재

봄비가 사흘째 내리고 있습니다.

추적추적 내리는 빗줄기가 흙에 닿자마자 스며듭니다. 마녀는 우산 없이 터벅터벅, 산꼭대기 소악루까지 갑니다.

그 위에서 양 무릎 위에 두 손을 올리고 앉아 있는 한 남자가 보입니다. 궁산 뒤편 도롯가 건물에서 명상센터를 운영하는 명상가입니다.

마녀는 방해하지 않으려 조용히 올라가 앉습니다.

잠시 뒤 명상가가 허리를 폅니다.

"비를 맞고 오셨습니까."

"네."

"무엇이 그리 답답하십니까……."

"답답함의 이유를 알 수 없어 답답합니다."

"답답함을 내려놓으십시오."

"무엇을 가지려 하지 않고, 무엇이 되려 하지도 않습니다. 그런데도 마음이 무겁습니다."

"더 내려놓으십시오."

"초라할 정도로 없습니다. 효능 좋은 죽을 끓여 인정받고 돈을 벌던 시절이 8년이나 지났습니다. 도시에서 벗어나 아무도 모르는 곳에서 나만 아는 '죽'이나 끓이고 있잖습니까. 세상 초월한 양 되지도 않을 주문을 걸고."

"죽은 왜 끓이는 겁니까."

"할 줄 아는 게 그것밖에 없습니다."

"그마저 내려놓으십시오."

"그럼 잡념이 더 올라옵니다."

"잡념이 올라오는구나, 알아차리고 내려놓으십시오. 잡념을 없애려고 하니까 잡념이 연장되는 겁니다."

"그래요. 그렇지만. 일하고 성과 내며 살다가 갑자기. 아, 성과니 뭐니 다 소용없다는 거 알아요. 명예도 돈도 인기도 다 부질없다는 거. 그래서 놨습니다. 지긋지긋합니다. 그런데 이제는 뭘 하면 좋을지 모르겠습니다."

"지긋지긋하다는 말은 매우 부정적인 말입니다."

명상가가 지적합니다.

"부정적인 말은 부정적인 기운을 끌어옵니다. 그럼 계속 부정적인 생각만 나고 부정적인 말만 하게 되고 부정적인 일만 생기지요. 잊으셨습니까?"

"긍정적인 생각만 하고 긍정적인 말만 하라고 하셨지요."

"그렇죠."

"그래도 무기력합니다."

"긍정적인 마음으로 새로운 자신을 찾아보세요."

"새로운 나는 어디서 구하는 겁니까? 쉬어라, 즐겨라, 하는데 대체 쉬는 건 어떻게 하는 겁니까? 즐기는 건 어디서 배우는 거지요? 자연을 벗 삼아 지내며 매사 긍정적으로 보려 하면 되는 줄 알았습니다. 그런데, 허합니다."

"나를 내려놓기로 하지 않았습니까?"

근엄한 목소리가 채근합니다.

"지난 고통을 자양분 삼아 타인을 위해 마음 내보기로 하지 않으셨습니까?"

그래요, 그런 대화를 나눴습니다.

그 조언이 와닿아서 지난 몇 년간 끓이지 못하던 죽을 조심스레 다시 끓여보았습니다. 원기 충전 효과를 내던 '변덕죽' 말고 세상의 평화와 사랑을 기원하는 죽을 끓였습니다. 하루 30분씩 명상을 하고 긍정적인 생각과 말만 하려 했습니다. 확언 노트도 매일 썼습니다. '나는 나를 사랑한다', '나에게는 좋은 일만 일어난다', '나는 반드시 잘 된다' 따위의 문장들을 백 번씩 반복해 썼습니다. '변덕죽'과 달리 '사랑의 죽'은 번번이 실패했지만 마음은 편했습니다. 6개월여 기적같이 온 평안은 언제인가 갑작스런 회의감과 함께 사라졌습니다. 본질을 놓친 자기 최면 같았습니다.

"명상은 매일 하고 계십니까?"

자신 없이 대꾸합니다.

"하긴 합니다."

"매일 하루도 빠짐없이 하셔야 합니다. 늘 깨어 있으면서 알아차려야 자아에 휘둘리지 않습니다."

"잡념이 자꾸 옵니다."

"오는 대로 내려놓으십시오. 호흡을 알아차릴수록 안정되고 헛것이 놓아집니다."

"어렵습니다."

"'어렵다'는 말은 부정적입니다. 무조건 긍정적으로 말하세요. 할 수 있다, 나는 된다고 하세요."

세운 등뼈에 힘이 풀립니다.

"감사합니다만…… 저는 이만 내려가 보겠습니다."

일어납니다.

"혼자만 있지 말고 센터로 오세요. 사람들과 함께하세요."

"네."

"말만 하지 말고 오세요. 나는 나를 사랑한다, 매일 백 번씩 말하세요."

산에서 내려갑니다.

'수행은 아무나 하는 게 아니야. 생각 과다를 일으키는 뇌의 전두엽을 마비시키는 약초가 있지 않을까.'

고민하다 보니 대문 앞입니다.

'세인트존스워트? 일시적이지. 호프? 그것도 잠시고.'

약초 사전을 찾아 방문을 엽니다. 이사 올 때 책을 다 버려 남은 게 없습니다.

"뭘 더 놓으란 거야. 뭘 하려 해도 할 수 없을 만큼 다 버렸는데. 가진 게 없는데!"

소리 나게 닫습니다. 배가 고파옵니다. 냉장고에 넣어둔 죽을 꺼내 전자레인지에 데웁니다. 마루로 가져와 숟가락으로 후후 불어 떠먹습니다. 대자로 드러누워 배를 두드립니다. 넋 놓고 천장을 봅니다.

'이런 게 무념무상인가.'

내친김에 앉아 가부좌를 틉니다. 등을 세우고 코로 숨을 깊게 들이쉽니다.

'그나저나 토끼랑 닭은 어디 간 거야? 아니지, 궁금하단 생각이 올라오는구나, 하고 내려놓자.'

입으로 천천히 숨을 내뱉습니다.

'외롭다.'

가슴 한구석이 서걱거립니다.

'언제까지 시간에 맡긴 채 마음이 평온해지기만 기다려야 하나. 나는 왜 일상의 사소한 즐거움을 모를까. 나는 만족을 모르는 존재인가. 산다는 게 뭘까. 이렇게 사는 게 맞는 건가…….'

생각이 꼬리를 뭅니다.

"에라이!"

드러눕습니다. 부슬비에 젖은 곱슬머리를 손가락으로 흩뜨립니다. 팔목에 걸린 여러 개의 팔찌를 만지작거립니다. 엎드려 양팔을 괴고 얼굴을 묻습니다.

"미안하다."

더 깊이 묻습니다.

"몰라서, 계속 모르고 몰라서…… 미안하다."

가만히 빗소리를 듣습니다.

생을 앓고 있구나

마녀의 바구니에는 노랗고 붉고 푸릇한 약초로 가득합니다.

한여름 울창한 잎 사이를 비집고 들어온 햇살이 뜨겁습니다. 상수리나무 잎이 내어준 그늘에 앉습니다.

"하아."

낮은 숨을 뱉으며 빠진 게 없나 바구니 속을 뒤적입니다. 문득 등을 떼고 돌아앉습니다.

"상수리나무야, 네 껍질을 조금만 떼어가도 되겠니?"

"어디에 쓰려고?"

"죽을 끓일 거야."

"어떤?"

"자기 자신을 사랑하게 되는 죽."

"그런 게 가능해?"

"몰라. 해보는 거야."

"가져가렴. 얼마든지."

껍질을 하나씩 살살 떼어냅니다.

"아프니?"

"아니."

"다행이다."

껍질 여섯 개를 바구니에 담습니다.

"다 됐어. 고맙다."

둥치에 등을 기댑니다.

"마녀야, 넌 무슨 생각이 그리 많니? 늘 뭔가를 찾아다니고."

"음…… 모든 것? 나는 어디서 왔는지. 어디로 가는지. 왜 태어났는지. 삶이란 뭔지. 진실로 존재한다는 건 어떤 건지. 진실한 사랑은 뭔지. 나와 타인은 각자일 수밖에 없는 건지. 왜 생로병사를 겪어야만 하는지. 생명 있는 것들의 피할 수 없는 운명인지. 의미가 뭔지. 그런 답 없는 것들. 이런 내가 밉기도 하고 참을만하기도 해. 수시로 그래."

"마녀야, 너는 생을 앓고 있구나."

"응?"

"예민한 더듬이로 오만 것들을 감지하면서 앓고 있어. 삶의 고통을."

"그저 변덕이 죽 끓듯 하는 거뿐이야."

상수리나무가 잎사귀를 흔들며 웃습니다.

옆에 있던 느티나무도 쿡쿡 웃습니다.

"너희가 봐도 내가 좀 정신없지?"

느티나무가 끼어듭니다.

"변덕이 왜 일어나니."

"아까 말했잖아. 자꾸 올라오는 그 번뇌들……."

"거봐. 고통을 감지하고 직시하고 해결해야만 직성이 풀리는 존재들이 있어. 늘 깨어 있어 괴롭지."

"명상가는 내가 깨어 있지 못해서 괴로운 거라던데."

"네 방식대로 깨어 있잖니."

"아닌데. 나는 늘 답답하고 막막한데."

근처를 기어가던 달팽이가 등에 진 껍질을 내려놓고 나옵니다.

"마녀야. 나는 내게 주어진 껍질을 놓을 수도 있고 이고 갈 수도 있어. 하지만."

다시 안으로 들어가 껍질을 들어 올립니다.

"내게 주어진 몫이라서 끝까지 지고 간단다."

"내겐 등에 짊어진 짐 같은 거 없어."

달팽이가 고개를 갸웃댑니다.

"내 눈엔 보이는데?"

마녀가 자신의 빈 등을 만져봅니다.

상수리나무가 잎으로 그늘의 빈 곳을 채워주며 거듭니다.

"네 무게는 달팽이의 껍데기와 같아."

느티나무도 잎을 펼쳐줍니다.

"스스로 진 짐이지."

달팽이가 등껍질을 흔들어 보입니다.

"들고 다니다 보면 언젠가 써먹을 데가 올 거야. 이유 없이 생긴 건 없거든."

"그럴까……."

"그날엔 네 자신이 사랑스러울지도 모르지."

상수리나무와 느티나무와 달팽이가 미소 짓습니다.

"그런 날이 올까……."

바구니를 들고 일어납니다. 나무와 달팽이에게 손을 흔듭니다.

"고마워. 모두."

"잘 가."

응원이 따뜻합니다.

완전히는 신의 계획에 없을지라도

마녀는 요즘 밤잠을 설칩니다.

세상이 시끄러워 매일 청신경이 쭈뼛 섭니다. 앓는 소리, 주장하는 소리, 언쟁 소리, 포탄 소리, 비명이 뒤섞여 귀를 때립니다. 막아도 들리는 환청에 며칠 밤을 새우기 일쑤입니다.

언젠가부터 등산객들의 입에서 어느 나라의 전쟁 소식이 오갑니다. 몇 년째 이어지고 있는 전염병 얘기도 합니다.

괴로워서 죽을 끓이기로 합니다. 평화의 기운을 담은 약초를 선별해서 정확한 비율로 섞습니다.

정성껏 주문을 읊습니다.

"평화의 기운이 널리 퍼지면 소란이 가라앉을지니."

마당에 나와 더위에 혀를 내밀고 있는 개구리를 봅니다. 귀엽습니다. 뱀 한 마리가 스스슥 다가갑니다.

"안 돼!"

외칩니다.

개구리가 눈치채기도 전, 뱀이 아가리를 벌려 통째로 입안에 넣습니다.

"뱉어!"

뱀이 개구리를 왼쪽 볼에 밀어 넣습니다.

"왜 뱉으래?"

왼쪽 뺨이 실룩거립니다. 개구리의 몸부림이 뺨 위에 그대로 드러납니다.

"가엾은 개구리를 죽이지 마."

"내 밥이야."

"너보다 힘없다고 날름 먹어? 잔인하다."

뱀이 피식거리곤 목구멍으로 꿀꺽 삼킵니다. 개구리의 마지막 몸부림이 목구멍 안에서 멈춥니다.

경멸스러운 눈으로 쏘아봅니다.

뱀이 입맛을 다십니다.

"신은 내게 나보다 약한 생명을 잡아먹으며 생존하라 했다."

못 볼 것을 봤습니다. 한여름 햇살 아래 생생히 살아 있던 작은 개구리는 죽었습니다. 어깨를 떨며 여름의 찌는 태양 볕 한 줌, 습기 먹어 축축한 흙 한 줌, 자연의 고요 두 줌을 넣습니다. 간절한 맘으로 읊조립니다.

"평화의 기운이 퍼지면 소란이 가라앉을지니."

뱀이 빈정거립니다.

"신은 생명들에게 평화롭게 살라고 한 적이 없어."

"보자 보자 하니까!"

버럭 화를 냅니다. 안 그래도 잔인하고 시끄럽고 아름답지 못한 세상에 잠 설치는 요즘입니다.

뱀이 니글댑니다.

"평화를 주문한 적 없지만, 살기 위해서만 먹으라 했다. 신은."

대꾸할 말을 찾지 못합니다. 뱀이 담장 밑 뚫린 구멍 사이로 빠져나갑니다.

막힌 가슴과 함께 죽이 끓어오릅니다.

먼 곳에서 웅성웅성 사람들의 소리가 환청처럼 들려옵니다. "성공해야 해", "적자생존이야", "이겨야 해", "증명해야 해" 점점 또렷이 들립니다. "우리에게 뭘 먹인 거야?", "썩 꺼져" 웅성대는 소리가 점점 커집니다. 도리질을 칩니다.

끓는 죽 위로 물이 툭, 한 방울 떨어집니다. 눈물입니다.

"이런, 또 망했네……."

팔로 눈가를 쓱 문지릅니다. 망한 평화의 죽을 그릇에 담습니다.

'먹을 만큼만 먹자.'

마녀는 자신이 그 선을 넘지 않았으면 좋겠습니다. 뱀만큼만 하고 살아도 소란은 많이 잦아들 것 같습니다. 완전히는 신의 계획에 없을지라도.

나 하나 바꾸기도 어려운데

토끼가 앞니로 건초를 우물우물 먹고 있습니다.

닭이 흙을 쪼아댑니다. 부는 바람에 대나무가 스스스 공명합니다.

우체국 직원이 대문 사이로 편지를 넣고 갑니다. 마녀는 달려가 펼쳐봅니다.

'발신인, 대한민국 죽 협회. 수신인, 마대표. 내용, 제18회 대한민국 죽 협회 계절 연구사업 및 홍보방안 발표회. 일정, ○월 ○○일. 장소, 서울 서초동 ○○빌딩 15층 A실.'

편지를 원피스 앞주머니에 넣습니다.

'이제 세상 밖으로 나가볼까…….'

또다시 웅성대는 사람들의 환청이 먼 곳에서 가까이 들려옵니다. "어디 감히", "썩 꺼져."

머리를 흔들어 소리를 떨쳐냅니다.

'세상의 모든 차별적 언어를 없앨 수 있다면…….'

아무래도 어떤 말을 세상에서 완전히 없애버려야겠습니다.

'얻다 대고, 네가 뭔데, 감히, 내가 누군 줄 알고. 이 못된 말을 싹

없애버리자.'

마녀는 데워진 죽에 봄기운 한 줌, 새소리 두 줌, 구름 두 줌을 넣습니다. 편지를 꺼내 반으로 주욱 찢어 넣습니다. 그 위에 대고 숨을 후, 붑니다. 종이가 형형색색 화려한 빛으로 부서지며 가라앉습니다.

"어떤 생명이든 존재 자체로 절대적 가치를 지닌다. 모두가 존중받아 마땅할지니."

코를 들이밀고 냄새를 맡습니다.

"다 됐다! 세상에 골고루 뿌리자. 차별 없는 곳이 될 거야."

마침 머리 위로 지나던 까치가 배변합니다. 퐁당, 퐁당, 죽 위로 새똥이 떨어집니다.

이내 정적이 감돕니다. 까치를 향해 소리칩니다.

"이게 얻다 대고 감히!"

토끼가 '쯧' 혀를 차고는 다시 건초를 씹어 먹습니다.

냉큼 두 손으로 입을 가립니다.

'까치가 들었을까…….'

자신이 밉습니다.

'나 하나 바꾸기도 이렇게 어려운데…….'

오래전 도시를 떠날 때의 자신만큼 밉습니다.

2

서초동에 한 마녀가 살고 있었습니다

변덕이 죽 끓듯

서울 서초동에 한 마녀가 살고 있었습니다.

번화가 한복판에서 '변덕이 죽 끓듯'이란 가게를 운영하고 있었습니다. 메뉴는 하나 '변덕죽'뿐이었습니다.

오후 1시에 문을 열면 손님들이 우르르 들어와 '변덕죽'을 먹었습니다. 인근 입시학원가와 법조타운과 빌딩 숲에서 온 강사와 학생, 법조인, 직장인이었습니다. 입시생들은 여럿이 앉아 잠이 부족한 얼굴로 맥없이 죽을 먹었고, 매일 혼자 오는 남학생은 스마트폰으로 인터넷 강의를 보면서 먹었고, 법조인들은 심각한 얼굴로 대화를 나누면서 먹었고, 직장인들은 문서를 검토하면서 먹었습니다.

식사를 마친 입시생의 얼굴에선 졸음기가 싹 사라졌고, 법조인의 표정엔 여유가 넘쳤고, 회사원의 얼굴엔 자신감이 어렸습니다. 그들은 죽을 먹기 전과 달리 활기가 넘쳤습니다.

"뭘 넣었길래 녹초가 돼 있던 사람들이 금방 쌩쌩해지는 거야?"

세 명의 조리사는 죽을 끓이면서도 그 안에 물과 쌀가루 말고 뭐가 더 들어가는지 전혀 알지 못했습니다. 그도 그럴 것이 양념을 넣을 때면 마녀는 매니저 요요에게 주방에서 조리사들을 내보내라고 지시했습니다. 비법이 궁금한 조리사들은 한 날 마녀의 가방을 몰래 열어보았습니다. 양념통도 없고 수첩의 문장은 해독이 어려웠습니다.

"알 게 뭐야. 월급 제때 받으면 된 거지."

"팔뚝 굵어지는 거 빼곤 일이 단순해서 좋아."

호기심을 접고 열심히 죽을 저었습니다. 뭘 넣었는지 흰 쌀죽이 마녀만 다녀가면 보랏빛으로 변했습니다.

저녁 무렵이 되면 세 명의 홀서빙 직원이 내부를 정리하고 조리사들은 새 죽을 끓였습니다.

요요가 조리사들을 내보내면 마녀가 주방으로 들어와 솥 세 개에 양념을 골고루 넣었습니다. 허공에 뭉쳐 다니는 인정욕구 한 움큼, 욕망 한 뭉텅이, 비교 한 덩어리, 욕심 세 줌, 우월감 세 줌, 불안 세 줌을 넣었습니다. 여기에 성과 한 줌, 칭찬 한 줌, 포상 한 줌을 추가했습니다.

이윽고 손님들이 힘에 부친 얼굴로 들어와선, 죽을 먹자마자 '좀 더 할 수 있어!'의 에너지를 충전하고 갔습니다.

영업을 마친 밤 9시면 마녀는 한 블록 뒤 주택가에 있는 집으로 걸어가며 고심했습니다.

'죽의 효능 시간을 늘릴 수는 없을까?'

집에 도착하자마자 빼곡한 레시피북을 뒤적이고 고전부터 현대판 마녀 논문집까지 찾아보았습니다. 욕망, 욕구, 비교……. 도시인에게 필요한 양념은 차고 넘치게 많았습니다. 계속 지치지 않고 달리도록 하기 위해선 칭찬, 포상, 성취감이 더 필요한데 이 재료는 상대적으로 부족했습니다. 욕망은 무한대지만 포상은 한정된 재료의 나눠 먹기인 탓이었습니다.

효용이 다한 규율 시대 논문을 밀어버리고 성과 시대 논문을 뒤적였습니다.

"자신의 경쟁 상대는 오로지 자기 자신? 아하! 열심히 산다는 자부심, 자기계발 욕망은 강력한 마약이니까."

이 양념을 추가하면 효과를 30분은 연장할 수 있을 것 같았습니다.

새벽 4시가 넘도록 마녀는 연구에 몰두했습니다. 완벽한 죽을 만들려면 잠을 줄일 수밖에 없었습니다. 창밖으로 24시간 커피숍 통유리 안에서 새벽까지 노트북을 두드리는 사람이 보였습니다. 손을 뻗어 열심히 사는 사람에게서 뿜어져 나오는 '자부심', '자기계발', '도취'를 끌어와 작은 병에 담았습니다. 포상과 성과가 한정된 것이라면 보완 가능한 재료는 욕망에서 변주된 자아실현과 도취밖에 없었습니다.

'아직도 일하고 있죠. 그만하고 자요.'

요요에게서 문자가 왔습니다.

'고마워요.'

수면제를 삼키고 잠시 눈을 붙였습니다. 쌩쌩 돌아가는 머릿속을 진정시키기 위한 가장 빠른 방법이었습니다.

마녀는 끊임없이 자신을 몰아붙였습니다. 사람들이 죽을 먹고 힘을 낼수록, 칭찬할수록, 더 잘하고 싶었습니다. 증명하고 증명받는 삶에는 지루할 틈이 없었습니다. 마녀의 자발적 자기착취는 이후로도 계속됐습니다. 도시 속에서, 인간들과 함께.

욕망은 보랏빛

여느 때처럼 영업을 마치고 집으로 가기 위해 번화가 안쪽 골목을 걸었습니다.

한 남자가 가로수 밑에서 토악질을 했습니다. 술이 과했는지 눈이 풀려서는 술집으로 다시 비틀거리며 들어갔습니다.

플라타너스의 밑동과 시멘트 바닥엔 남자가 뱉어놓은 토사물이 넓게 퍼져 있었습니다.

"괜찮니?"

마녀의 미간이 살짝 일그러졌습니다.

"하루 이틀도 아닌데 뭘."

"내일 아침에나 환경미화원이 올 텐데."

"내 앞에 토해진 건 음식물만이 아니야."

플라타너스의 목소리가 담담했습니다.

"사람들은 술에 취해 여기다 먹은 것을 토해내곤 하지. 그러면서 누군가를 욕하고, 자신을 욕하고, 울기도 해. '못 해 먹겠네' 하면서. 그들이 토해내는 걸 나는 보고 듣기만 해."

마녀는 주변을 둘러보았습니다.

"널 저쪽으로 옮겨주고 싶다. 덜 번화한 곳에."

"무슨 소리야. 나마저 여기 없으면 이들은 어쩌라고."

"다른 곳으로 가고 싶지 않니? 이렇게 힘든 것들을 봐야 할 때면."

밑에서 시큼한 냄새가 올라왔습니다.

"나는 여기에 심어졌어. 여기가 내 자리야."

"그래도."

"사람들이 왜 힘든 줄 아니?"

귀가 쫑긋 섰습니다.

"뿌리가 없어서야."

"무슨 뜻인지 모르겠어."

"뿌리가 없어서 여기가 아닌 저기를 꿈꾸는 거야. 뿌리가 없어서 자신을 못 믿는 거라고."

의아했습니다. 오히려 플라타너스가 땅에 박혀 있는 뿌리 때문에 자유롭지 못해 보였습니다.

술집에서 한 여자가 나와 담배를 피우며 재를 밑동에 털었습니다. 불꽃이 채 꺼지지 않은 재가 플라타너스 껍질 표면을 살짝 태웠습니다.

"괜찮아. 이 여자가 털어내는 건 담뱃재가 아니라 답답한 속내일 테니."

사람들의 손에 닳아 만질만질해진 플라타너스를 쓰다듬었습니다.

"네가 이 골목을 지켜주고 있구나."

플라타너스 잎이 바람에 사사삭 흔들렸습니다.

"안녕."

"안녕."

인사를 나누고 다시 걸었습니다.

새로 영업을 시작한 어느 가게 앞에서 키다리 풍선이 바람 따라 춤을 추고 있었습니다. 간판을 봤습니다. '번죽'

"이런 유사 죽집 같으니……."

혀를 찼습니다.

풍선의 텅 빈 속으로 바람이 쉼 없이 들어가고 있었습니다. 바람 든 키다리는 두 팔을 미친 듯 저으며 도시의 아찔한 불빛 속에서 이리저리 휘둘렸습니다.

괜찮아

창가 테이블에 앉은 학생 한 무리가 목소리를 낮추고 대화를 나누고 있었습니다.

"그 자식, 모의고사 성적표 보자마자 죽상 되더라."

"그래봤자 1등이면서……."

"학원 옥상에서 마지막으로 무슨 생각을 했을까?"

다들 말이 없었습니다.

코너에 앉은 직장인 중 차장이란 사람이 한 남자의 어깨를 두드렸습니다.

"축하한다. 강 대리. 아니지. 이제 강 과장이구나."

"무슨 차장님. 이제 시작이죠."

"지금처럼만 해. 쭉쭉 치고 올라가라고."

"차장님 따라 하려면 멀었습니다. 어디서 그렇게 활력이 넘치십니까."

차장의 눈은 퀭해 보였습니다. 강 과장은 시력이 나쁜가 봅니다.

죽을 먹고 눈빛이 살아난 사람들이 밖으로 나가며 말했습니다.

"여기 죽은 웬만한 강장제보다 좋다니까."

그러고 보니, 혼자 앉아 인터넷 강의를 보며 죽을 먹던 학생이 안 보였습니다.

'학원 옥상에서 마지막으로 무슨 생각을 했을까?'

학생들이 나누던 대화가 스쳐갔습니다.

밤 9시. 일을 마치고 거리로 나왔습니다. 길가에 늘어선 술집과 고깃집은 만석이었습니다. 낮에 본 강 과장이 손에 숙취해소제를 잔뜩 들고 마녀 옆을 지나쳐 달려갔습니다. 학원가에 모여 있는 학생들은 편의점 앞에서 각성음료를 두 캔씩 입안에 들이부었습니다.

어느새 20층짜리 주상복합 아파트 앞에 다다랐습니다. 고개를 들어 10층 자신의 방 창문을 보았습니다. 인근 학원은 10층.

"10층에서 떨어지면 죽는구나……."

스산한 바람이 불었습니다.

'죽의 효능을 더 지속시킬 수 없을까. 그럼 최고의 컨디션을 유지

할 수 있을 텐데. 그럼 더 좋은 성적을…….'

누가 등을 톡톡 두드렸습니다. 뒤돌아보니 한 아주머니가 전단지를 내밀고 있었습니다.

"좀 받아줘."

종이를 받았습니다.

'1타 강사 김○○! 수탐 확실히 뽀갠다! 쭉쭉 치고! 쭉쭉 오른다! 마감 ○○일'

낮에 눈이 퀭한 차장이 말했습니다. '이대로 쭉쭉 치고 올라가!'

'다들 쭉쭉 치고 올라가면, 내려가는 사람은 누구야.'

다시 10층 창문을 봤습니다.

'내려가는 게 아니라 떨어지는 거구나. 추락하는 거구나.'

쭉쭉 치고 올라가고 싶어 바득바득 오르는, 못 해 먹겠다고 남몰래 눈물 훔치면서 아등바등 살아가는, 떨어질 땐 전속력으로 추락하는 이 세계의 규칙이 보이는 것 같았습니다.

아파트 안으로 들어가 엘리베이터의 10층 버튼을 눌렀습니다. 위로 쭉쭉 올라갔습니다.

집에 들어가 불도 켜지 않고 창가로 갔습니다. 10층에서 내려다

본 거리엔 사람들의 머리만 떠다녔습니다. 그 위에 둥실 떠 있는 욕망이 보였습니다. 욕망은 보랏빛이었습니다. 그 빛은 아찔하도록 매력적이었습니다. 도시의 화려한 조명과는 비교도 안 되게 강렬한, 사람들의 눈에는 보이지 않는 빛.

마녀는 매일 '보랏빛의 죽'을 끓여 팔았습니다.

네 안엔 너밖에 없어

막 집을 나서는 길에 요요에게서 전화를 받았습니다.

"가게에 식약처 직원들이 와 있어요. 원산지 표기 위반에 식품위생법 위반에 하여튼 현장 점검한다고 조리실을 휘젓고 있어요."

도착했을 땐 이미 공무원들이 원산지 표기 위반 딱지와 잠정 영업 정지 통보문을 붙이고 조사를 위해 죽을 표본으로 가져간 후였습니다.

앞에는 인근 식당 업주들이 모여 있었습니다. 아마도 이들 중 누군가가 식약청에 신고했을 터입니다. 장사가 잘될수록 주변의 신고가 잦았고 매번 '이상 없음'으로 넘어가곤 했습니다. 마녀가 나가자 시선을 피하는 '번죽'집 사장과 달리 '원기충전 삼계탕'집 사장은 눈을 홉떴습니다.

"그러니까, 흰 쌀죽이 어떻게 강장제 효과를 내느냐고."

요요가 항변했습니다.

"사람들이 먹고 힘 난다잖아요."

"말이 돼? 쌀로만 끓였는데? 보라색은? 몰래 넣은 게 뭐냐고. 색소를 넣었든 뭘 넣었든 성분 분석을 해보잔 말이야."

“저번 검사 때도 유해 성분 없댔잖아요.”

“보라색은 왜 늘 불명으로 나오지? 이해가 안 되잖아. 다들 안 그래요?”

사람들이 고개를 끄덕였습니다.

“마대표가 말 좀 해보라고요. 내가 이해되면 아무 말 안 할게.”

사람들의 머리 위로 보랏빛이 둥둥 떠다녔습니다. 지독한 욕망, 시기, 질투, 의심, 경쟁심, 피해의식, 승부욕으로 붉은 적빛이 되어 가고 있었습니다.

영업 정지 상태로 네 달이 지났습니다. 그제서야 표본조사 결과가 나왔습니다. ‘성분 이상 없음’, ‘보랏빛 해명 불가’. ‘원산지 표기 의무 이행 권고’를 받았습니다. 보랏빛의 원산지는 강원도 감자, 강화도 쌀 같은 게 아니었습니다. 눈에는 보이지 않으나 분명히 있는 것, 보이지 않아서 멋대로 팽창하는 그것을 증명할 길은 없었습니다. 원산지 표기 의무 강화 때문에 계속 ‘보랏빛 죽’을 끓여 팔 수도 없었습니다. 기다리던 직원들은 요요만 제외하고 하나 둘 퇴직금을 받고 떠났습니다.

사람들 사이에서 흉흉한 소문이 돌았습니다.

"뭔가 구린 게 있나 봐."

마녀가 학원가를 지날 때도 법조타운을 지날 때도 빌딩 숲을 지날 때도 마트에서 장을 볼 때도 뒤에서 수군댔습니다.

"그동안 우리한테 뭘 먹인 거야?", "우리가 누군 줄 알고", "얻다 대고 감히."

'양념은 그저 당신들에게 있는 본성인데.'

마녀는 설명할 수 없어 답답하기만 했습니다.

어느 날 밤 꿈을 꾸었습니다.

사람들이 모여 무언가를 영차, 영차, 밀고 있었습니다. 마녀도 맨 뒤에서 힘을 보탰습니다.

'근데 뭘 밀고 있는 거지?'

문득 궁금해져 앞으로 가봤습니다. 벼랑 끝에서 한 사람이 밀리지 않으려 애를 쓰고 있었습니다. 그러다 발을 헛디뎌 벼랑 밑으로 떨어졌습니다. 가만 보니 혼자 와서 인터넷 강의를 보던 입시생이었습니다. 사람들이 또다시 밀었습니다.

'이번엔 누구지?'

자세히 보니 마녀 자신이었습니다. 사람들이 계속 밀어도 밀리지 않으려 기를 썼습니다. 마녀는 밀고 있는 존재면서 내몰린 존재였습니다.

소스라치게 놀라 눈을 떴습니다. 벌어진 암막 커튼 사이로 도시의 네온 빛이 새어들었습니다.

급히 이불을 덮어썼습니다.

"무서워. 무서워."

창가에 놓인 화분 속 마블스킨이 흘낏 건너다봤습니다.

"뭐가 무서워?"

"사람들. 세상. 산다는 거. 다 무서워."

"너도 한통속이야."

"나는 열심히 죽을 끓여 정당하게 팔았어."

마블스킨이 피식, 코웃음을 쳤습니다.

"사람들의 욕망을 부추겨놓고."

"원하는 걸 준 거야."

"그들이 요구했어? 달라고?"

"봤어. 간절한 요구를. 애쓰고 기 쓰고 아득바득거리며 얻으려는 그걸 봤어. 그래서 줬어."

"뭘 위해?"

"열심히 사는 사람들을 돕고 싶었어. 기대에 부응하려 나도 못 먹고 못 자면서 노력했어."

"거짓말. 증명하고 싶었던 거면서. 원하는 걸 줄 수 있다고. 칭찬받고 싶어서, 인정받고 싶어서, 잘나고 싶어서, 돈 벌고 싶어서, 추앙받고 싶어서. 너는 그것에 도취됐던 거야."

"할 일을 한 것뿐이야. 나는 마녀고. 죽을 끓일 줄 알고. 사람들이 원하는 게 뭔지 알고. 아니까 주었어. 그게 마녀의 의무야."

마블스킨이 날카로운 어조로 계속 추궁했습니다.

"너에게 속고 있군. 네 욕망이야. 욕망으로 이룬 것들은 욕망으로 무너지지. 서로 밀고 밀어내지. 그러니까 너도 한통속이야."

마녀는 달려가 마블스킨이 든 화분을 들고 창문을 열었습니다. 차 달리는 소리가 귀를 때렸습니다. 문득 빌딩 숲이 숨 막혀왔습니다.

"날 던져라, 마녀. 날 죽여. 너답게."

말을 잇지 못하고 노려봤습니다.

"나는 생명력이 강해서 오랫동안 물을 주지 않아도, 빛을 받지 않아도 어지간해선 살아남아. 어떤 척박한 환경에서도. 그런데 너는 나를 잊은 듯 창가에 올려두곤 몇 달이고 물을 주지 않았어. 커튼을 닫아놓고 볕도 가렸지."

"요즘 정신이 없었어."

"이전에도 다를 바 없었어. 너는 먹지도 않고 자지도 않고 일만 했어. 너를 먹이지 않는데 나는 먹였겠니? 너를 돌보지 않는데 남은 돌봤겠니? 너는 네 속에 빠져 주변을 볼 줄 몰랐어. 나는 여기 이렇게 살아 있는데."

마블스킨이 가는 줄기를 부르르 떨었습니다.

"네 안엔 너밖에 없어!"

"아니야! 나는 사람들을 위했어!"

"하! 맞아 그래. 네 안엔 너도 없어. 허깨비로 살았지!"

마블스킨을 바닥에 내려놓고 잎을 하나씩 뜯었습니다.

"죽어. 죽어."

뿌리마저 뽑아버리려다 멈칫했습니다. 흙 묻은 손바닥에 얼굴을 묻었습니다.

떠나세요

언젠가부터 손가락 하나 꼼짝할 수 없을 만큼 온몸의 힘이 빠져 버렸습니다. 목이 말라도 침대에서 몸을 일으킬 엄두가 안 났습니다. 물을 삼키기도 귀찮았습니다.

병원에 가니 의사가 '번아웃 그러니까 소진 증후군'이란 걸 겪고 있는 것 같다고 했습니다. 몸과 마음의 탈진이니 쉬라고 했습니다. 일 중독자가 목적을 잃었을 때의 전형적인 허탈 증세라고도 했습니다. 그래서 계속 누워만 지냈습니다.

굳이 밖에 나가지 않아도 17평 공간 안에서 스마트폰 앱을 이용해 필요한 것들을 구할 수 있었습니다.

칩거가 여섯 달을 넘기자 요요가 매일같이 아파트 앞에 와서 문자를 했습니다.

'집 앞이에요. 나와요.'

'안 나가요.'

좀처럼 나가지지 않았습니다.

'집 앞이에요. 나와요.'

'나 좀 내버려둬요.'

'아무것도 안 바라요. 그냥 나오기만 해요.'

일곱 달째, 여덟 달째. 요요는 계속 왔습니다.

그사이 가게를 처분하고 집기는 헐값에 팔았습니다. 서초동 번화가에 있던 마녀의 가게가 없어졌습니다.

열네 달째, 열다섯 달째……. 요요는 계속 왔습니다.

'집 앞이에요. 나와요.'

마지못해 나갔습니다. 2년 만이었습니다. 8차선 도로와 그 위를 달리는 차, 높은 빌딩을 보자 정강이에서부터 알 수 없는 소름이 돋았습니다.

"여길 잠시만 벗어나요."

요요의 차를 타고 한강 둔치로 갔습니다. 강을 보자 입 밖으로 숨이 '후!' 터졌습니다. 이렇게까지 차올라 있었는지 탁 트인 전경을 보고서야 알았습니다.

"10년이 넘었어요."

요요가 하늘을 보며 말했습니다.

"어디서든 다시 시작해요. 대신 보랏빛을……."

"그 빛은 숨길 수가 없어요."

"그럼 다른 죽을 끓여요."

"못 끓여요. 죽 소리만 들어도 이제 소름 끼쳐요."

"그럼 좀 쉬어요."

"계속 쉬고만 있어요. 한심하게, 아무것도 못 하고 누워만 있어요."

"그건 쉬는 게 아니에요. 자신을 더 괴롭히고 있잖아요. 방에만 갇혀 있지 말고 세상을 보고, 느끼고, 즐기며 살아봐요."

즐긴다는 말이 낯설어 곱씹어보았습니다. 제대로 쉬는 건 어떻게 하는 건지 배운 적이 없었습니다. 모든 것이 싫고 의욕 없고 관심 없고 지쳤고 숨고만 싶었습니다.

'피곤하다. 괜히 나왔어.'

후회가 몰려왔습니다.

마녀는 몰랐습니다. 걷는 동안 부는 바람에 머리칼이 몇 번 나부꼈는지, 하얗게 고인 가로등 아래서 눈을 몇 번 깜박였는지, 붓꽃

향기에 코가 몇 번 간질거렸는지, 땅에 발바닥이 몇 번 닿았는지, 숨을 몇 번 크게 들이쉬고 내쉬었는지.

요요는 가만히 세다가 멈추었습니다. 쉴 새 없이 나부끼고 깜박이고 호흡하는 생기를 따라잡을 수 없었습니다. 근래에 볼 수 없던 생생함. 요요는 마녀에게 필요한 것이 뭔지 알 것 같았습니다.

“함께 자연이 있는 곳으로 가요. 거기서 소소한 기쁨을 찾으며 살아요.”

함께, 라는 말에 요요를 봤습니다. 10년 전. 그의 나이 스물다섯 살에 처음 만났습니다. 매니저 채용공고를 보고 찾아온 그는 눈이 크고 순한 얼굴의 키 큰 미남자였습니다. 자신과 달리 사소한 것에 즐거워하고 감탄할 줄 알았습니다. 필요로 하는 건 말하기도 전에 알아채고 가져다주었습니다. 덕분에 마녀는 죽을 만드는 일에만 집중할 수 있었습니다. 가끔 조심스럽게 “소풍 갈까요. 이번 주말엔” 하는 제안을 마녀는 듣고 흘려버렸습니다. 죽 연구와 실험과 성과와 반응을 보느라 바빴습니다. 그가 자신을 얼마나 사랑해주었는지 이제야 알 것 같았습니다. 그렇지만 자신은 ‘자신밖에 모르는,

자신조차 방치하는' 존재였습니다.

"혼자라도…… 떠나세요. 자연이 있는 곳으로 가세요."

요요가 마녀의 손에서 스마트폰을 받아 한참을 두드린 후 돌려주었습니다.

"택시 호출앱, 호텔 예약앱, 펜션 예약앱, 타인의 빈 집을 공유하는 에어비앤비 예약앱, 비행기표 예약앱. 다 깔아놨어요."

그날 이후 요요는 매일 문자로 채근했습니다.

'떠나세요. 어디로든.'

마녀는 집에만 있었습니다. 나날이 숨이 막혀와도 참았습니다. 종아리에서 시작된 소름과 긴장이 허리까지 올라와도 참았습니다. 가슴까지 올라와도 참았습니다. 목까지 올라와도 참았습니다.

어느 날 밤, 외마디 비명과 함께 집 밖으로 뛰쳐나갔습니다. 밖으로 나가니 차 소리에 숨 막히고 집에 들어오니 더 숨 막혔습니다.

마녀는 급히 꺼낸 캐리어에 짐을 아무렇게나 쑤셔 넣었습니다. 새벽 5시. 밖으로 나가 도롯가에서 택시를 잡았습니다.

"어디로 갈까요?"

"바다요. 아니 산이요. 아니……."

택시 기사가 뒤를 돌아봤습니다.

"동해요."

마녀는 가까스로 동해를 떠올렸습니다. 집, 가게, 도서관, 근처 마트밖에는 다닌 곳이 없었습니다.

택시는 동해를 향해 달렸습니다. 도시를 벗어나고 있었습니다.

3

여기저기 떠돌아다니는 한 마녀가 살고 있었습니다

아무거나 먹지 말 것

마녀는 항구 주변을 매일 걸었습니다.

언제부턴가 온 소름과 긴장과 숨 막힘은 아침잠에서 깨기도 전에 다리에서부터 스멀스멀 올라왔습니다. 밖으로 뛰쳐나가 탁 트인 자연 앞에 서면 그제야 터지듯 숨이 뱉어졌습니다.

여기저기 무작정 걷다 보면 그나마 나았습니다. 멈추면 다시 시작됐고 그러면 또 걸었습니다.

해안가의 낚시꾼들은 바다에 낚싯대를 던져놓고 자기들끼리 대화를 나눴습니다. 누구는 혼자 간이 의자에 앉아 낮술을 하고 누구는 바다만 하염없이 봤습니다. 옆에 놓인 통에는 농어나 고등어가 한두 마리씩 들어 있었습니다. 바다는 끝없고 하늘은 더 끝없었습니다. 빌딩으로 가려지지 않은 하늘은 오직 하늘로만 존재했습니다.

"얘. 마녀야."

걸음을 멈추고 주위를 돌아봤습니다.

"여기야 여기. 밑에 밑에."

통 속에 든 농어가 입을 뻐끔거리고 있었습니다.

"마녀야. 나 좀 바다로 보내주라."

옆에 앉은 낚시꾼은 먼 바다를 보며 마른 멸치를 안주 삼아 소주를 마시고 있었습니다.

"나 좀 보내달라니까."

마녀가 통에 대고 작게 말했습니다.

"넌 이미 낚였잖아."

"먹을 게 있으니 문 거지. 낚싯바늘 있는 줄 어찌 알았겠어."

"조심했어야지."

"다음번엔 조심할게. 나 좀 풀어줘. 여기 좁고 답답해."

"어쩌라고."

"날 바다로 던져줘."

"안 돼."

"왜 안 돼!"

"낚시꾼이 노력해서 널 잡은 거잖아. 헛수고로 만들라는 거니?"

"나는? 나도 노력해서 먹이를 먹은 거야. 먹어야 살지. 눈앞에 지렁이가 있는데 안 먹어?"

"바늘을 봤어야지."

"그래. 무턱대고 먹었어. 후회해."

"그러니까 대가를 치러."

"이 매정한 마녀야. 살면서 한 번쯤 실수 안 하는 존재 봤니? 딱 한 번의 실수로 죽임까지 당해야 하니. 너무 모진 거 아니니? 나, 이대로 끝나야겠니?"

농어의 말이 그럴듯했습니다. 낚시꾼의 하는 양을 지켜봤습니다. 술 한 잔, 안주 한 입, 바다 구경. 아무래도 낚시가 생업은 아닐 것 같았습니다.

'그래. 이 사람에게 낚시는 취미 같다. 농어는 목숨을 건 밥벌이를 한 거고. 농어가 가엾다.'

들릴듯 말듯 작게 소곤댔습니다.

"지렁이를 보고 헤엄쳐가서 먹은 건 너의 노력이 맞아."

농어가 크게 끄덕였습니다.

"넌 먹고 살아야 했던 거지?"

"그럼, 그럼."

"네겐 밥벌이였어. 목숨을 건 밥벌이."

"그렇지. 인간의 미끼라곤 생각도 못 했어. 난 그저 뭐라도 잡아 먹어야 연명할 수 있는 가엾은 물고기일 뿐이야. 저자는 재미 삼아 날 낚은 거라고."

"그래. 한 번쯤 실수할 수 있어. 회생의 기회도 한 번쯤은 주어져야 해."

"그래그래, 마녀야. 나 다시는 아무거나 안 먹을 거야. 잘 살필 거야. 날 살리는 먹이인지 죽이는 미끼인지 구분할 거야."

마녀는 낚시꾼이 얼큰히 취하기를 기다리며 주변을 배회했습니다. 낚시꾼이 일어나 바지를 추켜올리고는 공중화장실 쪽으로 갔습니다.

'이때다!'

통을 들어 바다 쪽으로 휙 던지듯 했습니다. 농어가 펄쩍 몸을 날렸습니다. 햇살을 받은 등 비늘이 반짝 빛났습니다. 몸을 두어 차례 흔들며 바닷속으로 첨벙 들어갔습니다. 물거품이 솟았다 가라앉았습니다.

'살아 있다. 모든 살아 있는 것들은 아름답다.'

부신 눈을 비비며 낚시꾼이 오기 전에 냅다 도망쳤습니다. 한 생명을 살리다니, 가슴이 벅찼습니다. 그 밤 오랜만에 꿈 없는 잠을

잤습니다.

다음 날도 항구 주변을 걸었습니다. 매연 대신 짭조름한 바다 내음이 코안으로 훅 끼쳐왔습니다. 끝없는 바다도 하늘도 아득해서 아름다웠습니다. 아득해서 가슴이 콕콕 아렸습니다.

"이봐."

돌아보니 어제 그 낚시꾼이었습니다.

"어제 내 주변을 알짱거렸지?"

눈 둘 데만 찾았습니다.

"내가 잡은 농어가 없어졌어."

"저, 저는."

"어떤 놈이 내 농어 훔쳐 가는 거 못 봤어?"

입 다물고 고개만 도리도리 저었습니다.

"하! 어떤 놈이야 대체. 내 매운탕거리를 슬쩍해? 잡히기만 해봐……."

슬그머니 자리를 피했습니다. 얼른 다른 낚시꾼들이 모여 있는 곳으로 갔습니다. 휴, 안심하며 다시 걸었습니다.

"이봐. 마녀야."

어느 통에 든 물고기가 말을 걸었습니다.

"여기야 여기. 얘. 나 좀 바다로 보내줘."

가서 보니 어제 그 농어였습니다.

"어제 그 농어! 또 낚였니?"

"무슨 소리야. 난 네가 처음인데. 얘, 나 좀 살려주라. 난 그저 살려고 먹이를 먹은 것뿐인데. 이렇게 죽어야겠니."

"넌 어제도 미끼를 물고 낚여서 내게 목숨을 구걸했어. 기억 안 나?"

"거짓말쟁이 같으니! 난 오늘 첨이라니까."

"이런 물고기 머리……."

"마녀야. 단 한 번의 실수로 죽임까지 당하다니 너무 가혹하지 않니? 내게 다시 살 기회를 줘. 바다로 보내줘."

"낚싯바늘을 보라고! 몇 번 말해야 알겠니? 네가 먹어도 되는 건지 아닌지, 널 낚으려는 건 아닌지, 똑바로 보고 물으라고!"

"먹지 않고 살 수는 없잖니. 잘 살필게. 내가 뭘 먹는 건지 이제 알고 먹을게."

"넌 어제도 같은 말을 했어."

"처음이라니까!"

수그린 허리를 펴고 몸을 돌렸습니다.

"이 못된 마녀! 정 없는 마녀! 저들은 취미고 나는 밥벌이를 한 거라고! 날 바다로 보내달라고!"

농어가 절규했습니다.

'어제. 그 한낮에 햇살 속에서 펄떡이며 바다로 뛰어들던 너의 등은 눈부시게 아름다웠다.'

저 멀리 해안가까지 걸어갔습니다. 바다를 봤습니다. 농어가 펄떡이며 뛰어오르는 환영이 보였습니다. 살아 있는 것은 분명 아름다웠습니다. 어제 그걸 봤습니다.

밥벌이는 생명 있는 것들의 피할 수 없는 숙명이었습니다. 농어도, 어부도, 도시인도. 마녀도 예외일 수 없었습니다. 마녀는 자신이 무엇을 잘못 물어 이리된 것인지, 삼키지 말아야 할 무엇을 삼킨 것인지, 궁금해졌습니다. 처음 범한 실수로 도망치듯 도시를 떠나 여기까지 오게 된 것인지, 자신도 모를 수십 번의 실수와 회생의 기회를 반복하면서도 잊어버린 것은 아닌지, 알 수 없었습니다.

숙소를 향해 걸었습니다. 항구 어귀에서 낚시꾼들이 매운탕을 끓이고 있었습니다. 한 남자가 도마 위에 농어를 눕혔습니다. 손으로 몸통을 단단히 잡고 칼날을 탁 내리쳤습니다. 머리와 몸통이 분리됐습니다. 내장이 드러났습니다.

먹지 말아야 할 것을 욕심낸 대가. 이 세계의 질서는 톱니바퀴처럼 착착 맞게 돌아가고 있는지도 몰랐습니다.

마녀는 싸아해져 자신의 목을 손으로 쓰다듬었습니다.

내려놓으세요

깊은 협곡을 사이에 두고 두 개의 절벽이 마주 보고 있었습니다.

각각의 절벽 끝에서 마녀와 괴물이 하나의 줄을 잡고 서로 자기 쪽으로 당겼습니다. 줄이 팽팽할 정도로 둘의 힘은 비슷했습니다.

마녀가 줄을 확 당기자 괴물이 벼랑 끄트머리까지 끌려왔습니다. 겨우 중심을 잡은 괴물이 제 쪽으로 줄을 세게 당겼습니다. 마녀가 절벽 끝까지 질질 끌려갔습니다.

'떨어져 죽겠구나.'

손바닥의 살갗이 벗겨지도록 줄을 부여잡고 버텼습니다. 일순 공포가 밀려왔습니다. 힘을 준 다리가 덜덜 떨렸습니다. 발바닥에서 종아리로 허벅지로 긴장이 타고 올라왔습니다.

눈을 뜨니 침대 위에서 허우적거리고 있었습니다. 동해안에서 머물던 한 달 내내 밤마다 흉흉한 꿈을 꿨습니다. 누군가를 벼랑 끝으로 밀거나, 자신이 밀리거나, 벼랑을 사이에 두고 괴물과 줄다리기를 했습니다. 숨을 몰아쉬며 숙소 밖으로 뛰쳐나갔습니다.

마녀는 걸으며 우유 따위로 식사를 해결했고 걸으며 양팔을 손으로 쓸었습니다.

작은 교회에 들어갔습니다. 텅 빈 예배당 저 끝에 예수님이 못 박힌 십자가가 보였습니다. 의자를 가로질러 차가운 바닥에 주저앉았습니다.

"신이여, 살려주세요."

무릎을 꿇고 머리를 조아렸습니다.

"이 긴장, 이 공포. 끝내주세요."

볼까지 파르르 떨렸습니다.

"제가 잘못 살았습니다. 길을 알려주세요. 제발."

"마녀야."

어디선가 부드러운 음성이 들려왔습니다.

"너는 나의 형상으로 만들어졌다. 그러니 네 안에 답이 있다."

"나를 믿고 살았다가 이 지경이 됐습니다."

"너는 너를 믿은 적이 없다. 온전하고 완전한 너를 믿어라."

"저는 엉망진창입니다."

"온전하다."

"아니요. 저는 실수투성입니다."

"완전하다."

손으로 가슴을 쥐었습니다.

"저는 부족해서 이 모양이 됐습니다."

"그만큼 성장했고 크게 쓰일 것이다."

갑자기 울컥, 원망이 치솟았습니다.

"하나님이 뭐라고요? 어째서 멋대로 날 창조하고 고난을 주고 성장을 시키고 나를 쓰네 마네 합니까?"

고개를 쳐들었습니다. 예배당이 닿을 수 없는 거대한 동공 같았습니다.

다음 날에도 악몽에 진저리 치며 눈을 떴습니다.

여명이 밝아오기도 전에 숙소를 나와 높다란 성당으로 갔습니다. 마당 모퉁이에 있는 성모 마리아상 앞에 서서 두 손을 모았습니다.

"언제 끝납니까. 어쩌다 왜 하필 제게 이런 증상이 온 겁니까."

바람 한 점 없는 적요가 완전히 혼자임을 증명하고 있었습니다.

"항복합니다. 나를 쓰세요. 이 증상을 없애주고 쓰세요."

넓은 마당이 지날 수 없는 까마득한 사막 같았습니다.

다음 날에도 오한을 떨치며 나왔습니다.

작은 산 입구를 지나 오래된 사찰 앞에 다다랐습니다. 기도방으로 들어가 석가모니상 앞에 엎드렸습니다. 고요만이 철저한 고독을 증명할 뿐이었습니다.

툇마루로 나왔습니다. 한 스님이 다가와 합장하고 나란히 앉았습니다.

"괴로우십니까."

대꾸할 기력도 없었습니다.

"무슨 일을 겪으셨습니까."

구원받고 싶은 마음이 또 왈칵 치솟았습니다. 그간의 역사를 빠짐없이 성토했습니다. 해서 다시는 죽 따위 끓이지 않을 거라고. 그 소리만 들어도 경기가 난다고. 이제 아무 욕망도 욕심도 없다고. 그런데 왜! 이 증상은 사라지지 않느냐고. 아, 아…….

"살려주세요."

스님의 오른손에서 염주 알이 하나씩 밀려 내려갔습니다.

"내려놓으십시오."

"진즉에 놨습니다. 쥔 게 없어요."

"욕심이 아직도 많습니다."

"어디에 그게 보입니까?"

"얼마나 욕심이 많으면 놓고도 긴장을 합니까."

"어찌하면 좋습니까."

"다 던져버리십시오. 저 허공에. 될 대로 되라지, 하고요."

"다 가져가! 될 대로 되라지!"

허공에 대고 내질렀습니다.

"삶은 자체가 고통입니다. 깨달음을 얻어야만 고통에서 벗어날 수 있습니다."

"어떻게 해야 얻어지는 겁니까?"

스님은 말이 없었습니다. 또다시 두 배 세 배 증폭하는 두려움에 어깨가 떨렸습니다. 그것은 토로할수록, 기대가 무너질수록 팽창했습니다.

스님이 일어나 합장을 했습니다.

"부처님의 자비가 가득하시기를."

주위가 넘지 못할 폐허 같았습니다.

캐리어에 풀었던 짐을 넣고 비척비척 부둣가로 나왔습니다.

막 도착한 어선에서 커다란 그물이 바닥으로 내쳐졌습니다. 잡혀 온 물고기들이 안에서 파닥댔습니다.

"마녀야! 나 좀 살려줘!"

물고기들이 울부짖었습니다.

"그저 바닷속을 헤엄치고 있었을 뿐이야! 내 터전에서 하루하루 살아내고 있었을 뿐이야! 마녀야! 제발 마녀야!"

돌아보지 않았습니다.

"마녀야 제발! 왜 나를 낚아챈 건지, 내가 뭘 잘못했다고!"

"마녀야! 나는 억울해!"

"영문도 모르고 그물에 잡혔어. 저들은 악당이라고! 마녀야! 마녀야!"

끈질기게 호소하고 애걸하던 물고기들은 끝내 돌아보지 않는 마녀에게 저주를 퍼부었습니다.

"저들과 다를 바 없는 것!"

"구원 요청을 듣고도 외면하는 독한 것!"

"동정심이라곤 눈곱만치도 없는 천하의 못된 것!"

비난이 쏟아졌습니다. 낯익었습니다. 신에게 매달리던 자신의 애걸과 발버둥과 몰이해와 몸부림. 끝내 퍼붓던 독기, 원망, 체념, 발악 따위들.

마녀는 서울로 가는 차에 몸을 실었습니다.

'가서, 다 버릴 거야. 싹 다 버리고 불태울 거야.'

의자에 몸을 파묻었습니다.

'다 놓고 다 버리고 어떤 무엇도 갖지 않을 거야. 될 대로 되라지.'

양 뺨까지 차오른 긴장이 목으로 가슴께로 천천히 내려갔습니다.

오랜만에 하아, 느린 숨을 쉬었습니다.

줄을 놓으면 되잖아

동해에서 막 도착한 마녀는 아파트 건물의 10층 제 방 창문을 봤습니다.

안으로 들어설 엄두가 안 났습니다.

'내 집만 폭발사고로 사라졌으면.'

한 시간을 서성여도 그런 일은 일어나지 않았습니다.

끌려가는 심정으로 들어갔습니다. 현관을 열자 한 달 전 자신이 떠나온 그대로 모든 게 제자리에 있었습니다.

'의외로 괜찮네.'

침대로 기어 들어가 몸을 뉘었습니다.

'그래도 내 집이 편안하구나.'

여독이 밀려왔습니다.

깊은 협곡을 사이에 두고 양쪽 벼랑 끝에서 마녀와 괴물이 줄다리기를 했습니다. 둘의 힘은 비슷해서 싸움은 좀처럼 끝나지 않았습니다.

'힘을 빼면 벼랑 아래로 떨어질 것이고 줄을 놓으면…… 아! 줄을 놓으면!'

순간 잠에서 깼습니다.

"줄을 놓으면 되는 거였어!"

반복되는 괴물과의 줄다리기에서 벗어날 길을 찾은 것 같았습니다.

부동산에 전화해 집을 매물로 내놓았습니다. 스마트폰 앱으로 제주행 비행기와 숙소를 예약했습니다. 캐리어에 짐을 다시 넣고 물을 받아 마블스킨 뿌리에 부어주었습니다.

"미안해."

대꾸가 없었습니다.

커튼을 젖히니 햇살이 거침없이 쏟아져 들어왔습니다. 요요에게 문자로 현관의 비밀번호를 보내며 덧붙였습니다.

'화분이 하나 있어요. 부탁해요.'

현관을 나서는데 마블스킨이 툭, 던졌습니다.

"나는 어지간해선 오래 살아남아."

"고마워."

"잘 가라."

문이 스르륵 닫혔습니다.

예약한 숙소는 선흘리 작은 마을에 있는 제주식 전통가옥이었습니다. 보름을 머문 뒤 주인 여자에게 집을 1년간 빌리겠다고 제안했습니다.

"도시 생활에 신물이 나서 제주로 이주했죠. 함께 도란도란 살아요."

여자는 마녀를 반겨주었습니다.

'나는 낡은 전통가옥을 좋아하는구나.'

새로운 취향을 발견한 것도 어쩐지 뿌듯했습니다.

그날 밤. 자신이 무엇을 놓았고 버렸는지 실감이 났습니다. 도시인의 삶을 놓았고, 살던 아파트와 죽집을 운영할 가능성과 성취욕을 버렸습니다.

'다 내려놨다. 자유다.'

긴장이 매일 조금씩 내려갔습니다.

활달한 성격의 집주인, 그녀의 유쾌한 남편, 귀여운 아이들은 다정했습니다. 그들이 다니는 교회에 따라가고 가끔은 혼자 새벽 예배도 갔습니다.

얼마 뒤 중개인에게 집이 팔렸다는 전화를 받았습니다. 가볼 자신이 없어 요요에게 살림을 버려달라고 부탁했습니다. 아파트를 처분한 돈이 통장에 입금되었습니다. 책과 노트만 챙겨왔다며 요요가 사진을 보냈습니다.

"다 버리지 그랬어요."

"오랫동안 안 찾아가면 그때 알아서 버릴게요. 신경 쓰지 마요."

"고마워요."

요요가 머뭇댔습니다.

"내가…… 그리로 갈까요."

잠시 마음이 흔들렸습니다. 아팠습니다. 가진 것에 만족할 줄 아는 요요는 과분한 사람이었습니다.

"부디 당신에게 어울리는 사람 만나 소박하고 확실한 행복을 찾으세요."

낮은 한숨 소리가 들려왔습니다.

"마블스킨도 집으로 가져왔어요."

"이제 정성스런 보살핌을 받겠군요. 당신에게 갔으니……."

전화를 끊었습니다. 속이 쓰렸습니다.

서초동에서의 흔적은 다 사라졌습니다. 요요의 사랑도. 그에게 기댔던 시간도. 다 놓았습니다.

구역을 조금씩 넓혀주는 거야

세 번의 계절을 보내고 봄을 맞았습니다.

나쁜 꿈에 시달리다 깬 날이면 '현정 씨'라고 부르게 된 집주인과 동백동산을 산책했습니다. 울창한 덩굴 안에 있는 것만으로도 속이 잔잔해졌습니다. 현정 씨가 운영하는 읍내의 잡화점에 앉아 있다가 손님이 오면 옷이나 모자를 팔기도 하면서 마을에 적응해갔습니다. 이대로 물 흐르듯 10년, 20년, 살아갈 거라 믿었습니다.

아침마다 온 집 안의 창문을 활짝 열었습니다. 5월의 선흘리는 여기저기 피어 있는 동백꽃과 귤나무, 후박나무, 겹벚꽃나무로 사방이 그림 같았습니다. 침실 창을 열고 동백꽃에게 인사했습니다.

"안녕."

동백꽃이 한껏 향기를 뿜었습니다.

마루의 창을 열고 귤나무에게 손을 흔들었습니다.

"안녕."

귤꽃이 구름 같았습니다.

작은 방 미닫이문을 열었습니다. 꼼짝할 수 없었습니다. 몸통은 새까맣고 수십 개의 다리는 새빨간 왕지네가 방 한가운데를 빠르

게 지나고 있었습니다. 마디마디 이어진 몸의 길이가 20센티미터는 되어 보였습니다.

꺄악, 비명을 지르며 밖으로 내달렸습니다. 맞은편 현정 씨네로 가 대문을 두드렸지만 인기척이 없었습니다. 해가 저문 오후까지 마당만 서성거렸습니다. 현정 씨네가 왔습니다.

"지네가, 20센티미터는 되어 보이는 징그럽고 흉측하게 생긴 지네가 나왔어요."

마녀의 증언에 현정 씨는 "지네는 나도 징그러워서 못 보는데", "제주에 지네가 많다지만 우리 집에선 본 적 없어요", "놀랬죠" 연신 마녀를 달랬습니다.

남편인 영훈 씨와 가봤지만 지네는 이미 사라지고 없었습니다. 또 나타나거든 소리를 크게 지르라는 당부를 받았습니다. 혼자 남아 방 여기저기 꼼꼼히 살피고 누웠습니다.

'괜찮을 거야. 1년 지내는 동안 처음 본 거잖아. 깜짝 이벤트야.'

소심해진 가슴을 달래며 겨우 잠들었습니다. 이후로 며칠간 지네는 나타나지 않았습니다. 그제야 안심한 마녀는 여기서 무슨 일을 하며 살지, 다시 죽을 끓일 수 있을지 궁리하며 현관문을 열었다가 털썩 주저앉았습니다. 왕지네가 마루 한가운데서 눈을 번뜩이고 있었습니다.

"내가 그렇게 흉측하게 생겼니?"

지네가 입을 열었습니다.

"널 물까 봐 그래? 내게 독이 있어서?"

주춤 뒤로 물러섰습니다.

"나를 공격하지 않는다면 나도 물지 않아."

"……"

"물지 않겠다고 약속할게."

흘깃 쳐다보았습니다.

"내게도 동백꽃한테 했듯 안녕, 인사할 수 없니? 귤나무한테도 했잖아. 왜 나한텐 다정하게 안 해?"

어색한 침묵이 흘렀습니다.

"내 외모가 징그러워서?"

목소리가 하도 쓸쓸해서 쭈뼛쭈뼛 마루턱으로 가 앉았습니다.

"미안해. 그런데 정말이지 너는……."

신중하게 말을 골랐습니다.

"위험하게 생겼어."

"두렵다는 거지? 징그럽다기보다? 그래서 사람들이 날 보면 소리 지르고 도망가는 거지?"

"그래. 네가 물까 봐 두려워서 그러는 거야."

"물지 않을 테니 이리 와."

머뭇대며 멀찌감치 앉았습니다.

"섬은 습도가 높아. 인간이 들어와 살기 전부터 우리가 살았어. 여기는 우리 땅이야. 계절이 바뀌고 습도와 온도가 변하면 땅속에 있다가 올라오곤 해. 나 이 집에서 며칠 머물다 갈 거야. 너와 잘 지내고 싶어."

며칠 머문다니, 암담했습니다.

"그럼……, 지네야."

말이 공중에서 서성댔습니다.

"나는 너를 처음 봐. 그래서 아직은 두려워. 네 모습이…… 낯설어."

"낯설어?"

"응. 낯설어. 한 집을 같이 쓰려면 서로 배려해야 하잖니. 그러니

우리 규칙을 정하는 게 어떨까?"

"어떤?"

"각자의 구역을 정하는 거야. 그 구역 안에서만 머물기로 하는 거지. 서로에게 익숙해지면 그때 자신의 구역을 조금씩 넓혀주는 거야."

"내 구역은 어딘데?"

"어디가 좋으니?"

"나는 작은 방이 좋아. 어둡고 습하거든."

"그럼 나는 침실을 쓸게. 그리고 마루는 당분간 반씩 나눠 쓰자. 나는 여기. 너는 저기."

지네가 베시시 웃으며 말했습니다.

"내 모습에 익숙해지면 너의 공간으로 갈 수 있게 열어줄 거지? 나는, 나는 이미 네가 편해. 그러니 언제든 내 공간으로 와도 돼."

몸이 움츠러들었습니다. 볼펜을 가져와 마루 가운데를 주욱, 그었습니다.

"여기가 경계선이야. 이 선을 넘지 말아야 해. 당분간."

"당분간."

지네가 규칙이 재밌는지 말을 따라 했습니다. 거부감이 들었습니다.

"미안해. 네가 익숙한 모습이 아니어서 아직은 편하게 볼 수가 없어."

"알았어. 익숙하지 않아서니까."

지네가 작은 방으로 들어가며 인사했습니다.

"잘 자."

"잘 자."

마녀는 침대에 모로 누웠습니다. 어쩐지 자신이 속물 같았습니다. 오랜만에 느껴보는 기분이었습니다.

다음 날 침실 문을 열자마자 읍, 손으로 입을 막았습니다. 지네가 마루에 나와 그어놓은 선 저쪽에서 몸을 구무럭거리고 있었습니다.

"잘 잤니?"

"어. 으응. 잘 잤니."

마디마디 이어진 몸통과 수많은 다리가 불편했습니다. 자신의 구역으로 넘어올까 봐 겁났습니다.

밖에서 누군가 문을 두드렸습니다. 현정 씨와 영훈 씨가 과일 봉지를 들고 서 있었습니다.

"며칠 전에 놀랐죠. 우리가 방충에 좀 더 신경을 썼어야 했는데……."

현정 씨 안색이 벽돌 빛으로 변했습니다.

"여보. 지네, 지네!"

영훈 씨가 목장갑을 끼고 와 지네를 잡아챘습니다.

"저기 그게……"

뭐라 할 틈 없이 바닥에 패대기쳤습니다.

"어떡해!" 지네가 마녀의 구역으로 내동댕이쳐졌습니다.

"말씀대로네요. 이렇게 크고 징그러운 지네는 저도 처음 봐요!"

몸을 뒤틀며 괴로워하는 지네를 잡아 더 세게 바닥으로 내리쳤습니다.

"힘센 거 봐! 안 죽어!"

달려가 그의 팔을 잡았습니다. 영훈 씨는 지네를 보고 놀라서 발버둥치는 거라 여겼습니다.

"괜찮아요. 진정하고 눈 가려요."

한 번 더 바닥에 메쳤습니다. 몸통이 부서지며 여러 개로 끊어졌습니다.

현정 씨가 사과했습니다.

"미안해요. 어떡해요. 이렇게 끔찍할 줄은."

마녀의 구역에서 신음하는 지네를 영훈 씨가 손으로 쓸어모아 비닐봉지에 담았습니다. 안에서 파르르 떠는 소리가 들려왔습니다.

"징그러웠구나……."

봉지가 흔들렸습니다.

"거짓말이었어."

속에서 무어라 표현할 수 없는 바람이 불었습니다.

모두 돌아가고 난 뒤 벽에 기대 상체를 웅크렸습니다. 지네는 마녀의 구역에 건너왔습니다. 패대기쳐지면서. 그렇게 오고 싶지는 않았을 거였습니다.

다시 악몽을 꾸었습니다. 괴물이 나타나 벼랑 끝에서 줄을 던지며 시비를 걸기도 하고, 사람들과 함께 누군가를 벼랑 끝으로 밀어내기도 했으며, 지네를 밟아 죽이기도 했습니다. 바둥대다 깨어보면 이불이 식은땀으로 축축했습니다.

도시엔 이제 마녀의 흔적이 없었습니다. 갈 곳도, 할 일도 없었습니다. 다 놓았습니다. 그런데 또 같은 꿈을 꾸며 소스라쳐 깨기 시작했습니다. 긴장과 숨 막힘도 다시 왔습니다. 잊고 싶던 이중성, 배타성 같은 어떤 것들의 봉인이 풀려버린 것만 같았습니다. 제주 생활을 정리했습니다. 한 달 후 육지로 가는 비행기를 탔습니다. 지네의 땅을 지네에게 돌려주고 떠났습니다.

도망친 거였어

양평으로 용인으로 남양주로 하남으로 캐리어를 끌고 떠돌았습니다.

규격화된 호텔 대신 에어비앤비 앱을 통해 온기가 느껴지는 가정집으로만 다녔습니다. 누군가 살다가 장기 출타로 빌려주는 집들이었습니다.

타인의 빈집에 장기간 머물다 보면 그 집의 속사정을 알게 되는 경우가 많았습니다. 우편함에 꽂힌 빚 독촉장, 책장에 삐죽 나와 있는 이혼 조정안, 찬장에 놓여 있는 혈압약…….

'힘들겠구나.'

우편물을 도로 놔두고, 나와 있는 서류를 밀어 넣고, 찬장을 닫았습니다.

남의 집이란 그런 거였습니다. 내 것 아닌 살림, 내 것 아닌 생활의 부담, 내 것 아닌 일상의 흔적. 남의 집은 그 집을 꾸리며 살아가는 그 집 주인의 무게, 남의 무게였습니다.

하남의 아파트 냉장고 위에는 마블스킨 화분이 있었습니다. 다

듬어지지 않아 줄기가 바닥에 닿을 듯 아무렇게나 늘어져 있었습니다. 마녀가 컵에 물을 담아가자 마블스킨이 잎을 내저었습니다.

"놔둬. 집주인이 부어줄 때까지 안 마실 거야."

"흙이 말랐는데. 갈증 나잖니."

"난 생존력이 강해. 괜찮아."

마녀의 마블스킨도 그런 말을 했었습니다.

"그래. 너는 생존력이 강하지. 그렇지만 이 물도 시원할 거야."

"고맙지만 사양할게."

"굳이 갈증을 참으면서까지 기다려야겠니."

"응. 기다릴 거야. 날 냉장고 위에 올려두고, 몇 달에 한 번 와서는 물만 주고 가는 그에게 알려줄 거야."

"뭘?"

"살아 있는 걸 함부로 들이지 말라고. 생명은 장식용이 아니라고. 들였으면 책임져야 한다."

손에 든 컵을 떨어뜨릴 뻔했습니다.

"그가 투숙객들의 온정에 나를 맡기는 거라면 그래서 몇 개월씩 때로 1년씩도 집을 비우는 거라면 나는 차라리 시들어 죽어버릴 거야."

"그렇게까지 해야겠니. 뭘 위해."

"나를 여기 뿌리내리게 했잖니. 내 터전이 여기가 됐잖니. 이제 비를 맞을 수 없으니 물이라도 줘야 하잖니. 바람은 못 쐬어도 창문으로 넘어오는 실바람은 닿게 해줘야 하잖니. 내가 그렇게 하찮니?"

컵에 든 물을 화분에 부었습니다.

"붓지 말라고!"

마블스킨이 화냈습니다.

"동정받고 싶지 않아."

"일단 살아."

물을 더 담으려 싱크대로 갔습니다.

"난 네 것이 아니야. 여긴 네 집이 아니야. 어떤 것에도 책임질 행동 하지 마. 날 건드리지도 말고, 알겠니!"

컵에 물을 담아 한 잔 더 부었습니다. 마블스킨이 잎에 묻은 물방울을 신경질적으로 털었습니다.

"그래. 여긴 내 집이 아니야. 나는 아무 짐도 지고 싶지 않아. 아무것도 갖고 싶지 않아. 꾸려갈 자신이 없어. 그래서 내 마블스킨도

버려두고 도망쳤어."

베란다 창을 활짝 열었습니다. 마블스킨의 연한 줄기와 잎이 부는 바람에 흔들렸습니다.

마녀는 소파에 앉았습니다.

"어딘가 정착하려면 살림이 필요해져. 소박하게 살려 해도 밥그릇이 필요하고 숟가락도 필요하고 밥상도 필요하고 접시도 필요하고 설거지용 세제도 필요하고 수세미도 필요하고……. 무언가를 갖추려면 끝없지. 먼저 돈이 필요해져. 그러려면 관계를 맺어야 해. 세상의 기준도 챙겨야 하고. 더는 나를 소모하며 관계하지 않고 왜 사는지 모른 채 살지 않고 어디로 가는지 모른 채 가지 않기를 바라지만 결국 그 모든 걸 감수해야만 하는 돈이 필요해져."

창밖을 내다봤습니다. 놀이터 미끄럼틀 위에서 여자아이가 즐겁게 미끄러졌습니다. 옆에 아이 엄마가 보호하듯 지켜주고 있었습니다.

"정착과 내려놓음을 어떻게 조화시켜야 할지 모르겠어. 그래. 그래서 도망쳤나 봐."

"집주인도 도망쳤나 봐."

마블스킨이 씁쓸하게 대꾸했습니다.

"그래. 터전에서, 현실에서, 멀리멀리 도망쳤을지도 몰라. 힘들어서. 지쳐서. 진짜 자신이 궁금해서. 그러니 그를 조금만 이해해주렴."

까르르 아이 웃음소리가 들려왔습니다.

마녀는 생각했습니다.

'그러니까 나는, 내려놓은 게 아니라 도망친 거였구나…….'

4

정신건강의학과 703호에 한 마녀가 살고 있었습니다

확실한 신분

마녀는 매일 숙박 앱을 보고 인터넷 뱅킹으로 잔액을 확인했습니다.

2년 하고도 6개월이 지났습니다.

'정착하는 법을 잃어버린 것 같아. 어딘가 고장이 난 게 틀림없어.'

떠돌아다니기에 지친 마녀는 길바닥에 캐리어를 세워두고 119를 불렀습니다.

"제가 이상합니다. 몸도 마음도."

구급대원들이 대학병원 응급실에 마녀를 두고 갔습니다.

의사가 다가왔습니다.

"어디가 아프시죠?"

그간의 이야기를 구구절절 풀어놓은 후 덧붙였습니다.

"안락사 시켜주세요."

간호사가 와서 진정용 주사를 놔주었습니다.

다음 날 신경정신과 병동 703호에 입실 아니 입원했습니다. 바퀴가 닳아 너덜거리는 캐리어를 간이침대에 눕혔습니다.

"세상에서 가장 안전한 숙소다."

지켜보는 의사와 간호사가 있고 의료 기구가 있는 병원은 그동안 다닌 어떤 숙소보다 안전했습니다. 어떤 긴장도 느껴지지 않았습니다. 살 것 같았습니다.

침대에 누워 이불을 턱까지 끌어당겼습니다. 여기 오니 자신의 신분이 확실해졌습니다. 완전히 도망친 게 아니면서 정착한 것도 아닌 중간지대. 병원에서 자신은 더 이상 떠돌이가 아니었습니다. '환자'였습니다. 평생 환자라는 신분으로 살고 싶었습니다.

자신을 닦달하지 말 것

"그간 지나치게 과로하셨군요."

의사의 지시대로 갖가지 정밀 검사를 하는 동안 증상의 원인이나 어떤 특이점이 발견되기를 바랐습니다.

"그게 다예요?"

"극심한 번아웃입니다. 그로 인해 동반된 우울증."

"그 얘긴 이미 들었어요."

"많이 소진되어 있군요."

"저는 어딘가 크게 잘못되어 있어요. 일상생활도 불가능하고 사회생활은 엄두도 못 냅니다."

"큰 이상 소견은 보이지 않습니다."

"증상이 너무 오래 가잖아요."

"쉬었어야죠."

"지난 5년 내내 쉬기만 했어요."

"뇌가 쉬질 못해서 그래요. 몸 말고 뇌."

의사가 손가락으로 자신의 머리를 가리켰습니다.

"뇌의 곳간이 비어버린 거죠. 지나치게 끌어다 쓴 거예요. 의학적으론 회복되는 데 최소 7년 걸립니다."

"저는 끝났군요."

"무리하지 않으면 됩니다. 고난도의 작업은 못해도 먹고 일하고 자고, 얼마든지 할 수 있어요."

"저는 마녀예요. 특별한 죽을 끓이죠. 온갖 자료를 읽고 분석해서 만드는. 그걸 못한다는 건 아무것도 못한다는 것과 같아요."

"세상에 할 일은 얼마든지 있어요."

남 말하듯 하는 것 같아 부아가 났습니다.

"저는 마녀고요. 마녀는 '죽'을 끓여요. 그걸 못하는 마녀는 마녀가 아니라고요. 나는 끝났다고요!"

의사가 의자에 상체를 기댔습니다.

"일에만 의지하던 사람이 일을 중단하면 방황하게 되지요. 삶의 가치관을 바꿔야 해요. 죽을 못 끓여도, 어떤 의미 있는 일을 하지 않아도, 당신은 자체로 존귀한 존재예요."

"저는 마녀고요! 죽 못 끓이는 마녀는 마녀도 아니고요!"

의사가 차트를 닫고 눈을 마주 보았습니다.

"그나저나 당신은 왜 마녀입니까?"

저 깊은 곳에서 무언가가 울렁거렸습니다.

이런 터무니없는 질문이 어딨나! 그럼 내가 누구란 거야.

"내가 만드는 죽은 세상에 있는 죽과는 다릅니다. 그래서 내가 마녀예요. 왜 마녀냐니. 이제 마녀도 아니란 겁니까? 죽 따위 나도 끓이기 싫어요. 고통스러워요. 그렇다고 당신이 먼저, 넌 왜 마녀냐고 묻다니. 마녀 짓을 끝내는 선언은 해도 내가 할 겁니다. 당신이 뭔데."

"스스로를 틀에 가두지 말란 겁니다."

"자꾸만 내가…… 무가치하게 느껴져요."

"자신을 옭아매지 마세요. 그러니 탈진한 겁니다. 쉬세요. 쉬면 낫습니다. 이번 기회에 다르게 사는 법도 배워보세요."

쉬면 낫는다니. 병원에서 내보내면 어쩌지. 겨우 얻은 환자라는 신분을 박탈당하면 어쩌지. 덜컥 겁이 났습니다.

"저는 세상이 무섭고요. 여기서 나가고 싶지 않아요."

"우선 쉬세요."

"우선이고 뭐고 저는 진짜 제정신이 아녜요. 완전히 망가졌다니까요. 영 못 쓰게 됐다고요!"

의사가 일어나자 같이 온 레지던트도 따라 일어났습니다.

"쉬어봅시다."

짧게 맺고 상담실을 나갔습니다.

급히 레지던트를 붙잡았습니다.

"나 여기 있게 해줘요. 퇴원시키지 마요."

레지던트가 고개를 끄덕였습니다.

"염려 마세요. 푹 쉬어도 돼요."

겨우 안심하고 병실로 돌아왔습니다.

703호에 먼저 입원해 있던 갓 스물 넘은 여대생이 제 엄마와 간호사에게 항의하고 있었습니다.

"주사 안 맞아! 나 안 미쳤어! 당장 내보내줘!"

간호사가 여대생의 팔에 링거 바늘을 꽂으려다 번번이 실패했습니다.

맞은편 침대에 누워 있던 중년의 여자가 몸을 벽 쪽으로 돌리고 이불을 덮어썼습니다. 남편이 손으로 아내의 등을 다독였습니다.

"헛소리니까 잊어. 어딜 가나 알지도 못하고 지껄이는 사람들이 있어."

여자가 흑, 울음을 터뜨렸습니다.

"그 미친 것들이 입원해야 해. 멀쩡한 내가 아니라!"

정신건강의학과 병동엔 거칠게 나눠 두 부류의 존재가 있었습니다. 자신이 미쳤다고 하는 자와 안 미쳤다고 하는 자. 둘 다 억울하기는 마찬가지였습니다.

이렇게 단순할 순 없다

간호사가 약품이 든 카트를 밀고 병실로 들어왔습니다.

"잠은 잘 잤어요?"

간호사가 물었습니다.

"네. 깊이 잤어요."

약을 받아 물과 함께 꿀꺽 삼켰습니다.

샤워실을 다녀온 후 거울을 보며 얼굴에 세럼을 펴 발랐습니다. 지난 5년 사이 끊겼던 일상의 작은 일과가 병실 안에서 다시 시작되고 있었습니다. 거울에 얼굴을 비춰보고 세럼과 로션과 아이크림을 순서대로 바르고 머리를 빗질하고 머리끝에 헤어 에센스를 발라주는 일. 그리고 책을 보는 일.

책 표지만 봐도 어깨가 시려오던 마녀는 이제 의사가 읽으라고 건네준 책을 펼칠 수 있었습니다. 《휴식》이란 제목의 책에는 마음챙김에 관한 의학적 연구 결과와 사례와 방법이 적혀 있었습니다. 읽으며 따라 했습니다. 침대에 정좌하고 앉아 숨을 코로 깊게 들이쉬고 입으로 천천히 내쉬기를 3분간 반복했습니다.

아침밥이 왔습니다. 그릇을 싹 비우고 카트에 갖다두었습니다.

의사의 회진이 없는 날이라 대학병원의 교정을 여유 있게 걸었습니다. 한겨울에 입원했는데 어느새 개나리가 노란 꽃잎을 펼치고 있었습니다.

"개나리야. 너 참 이쁘다."

"너는 아직도 칙칙한 병원복을 입고 있구나."

"이거? 아주 편해. 매일 뭐 입을지 신경 안 써도 되고. 바지 허리는 고무줄에 웃옷은 단추 다섯 개 달린 게 전부야. 나름 주머니도 있다."

"개성 없기는."

개나리가 피식거렸습니다.

"얘. 이쁜 건 네가 다 해라. 난 세상 편하고 좋다."

상의 주머니에 두 손을 찔러 넣고 건들건들 걸었습니다. 환자복을 입으니 다 똑같았습니다. 너도나도 그냥 환자였습니다. 과거 무엇을 했는지 직업이 뭔지 형편이 어떤지 서로 뭐가 다른지 구분하지 않았습니다. 병원엔 병원 관계자와 환자만 있었습니다. 이렇게 단순할 수가 없었습니다.

오전 봄볕을 실컷 쬐고 병실로 들어왔습니다. 똑같은 옷을 입고 똑같은 침대에 누워 똑같은 식사를 하고 똑같은 시간에 자고 똑같은 시간에 일어나는 생활이 계속됐습니다. 다르지 않다는 것. 다를 필요 없다는 것. 그것이 마녀를 쉬게 했습니다.

좀 비켜주겠니?

있던 환자들이 퇴원하고 누군가 입원하고 퇴원하고 또 누군가 입원했습니다.

마녀는 평소엔 아무렇지 않다가 퇴원하기 전날만 되면 모든 증상이 다시 나타나 벌써 5개월째 입원 중이었습니다.

703호 병실엔 이제 70대 할머니와 마녀만 입원해 있었습니다. 할머니의 진단명은 '치매'로 간병인에게 소·대변을 위탁한 상태였습니다. 새벽 3시만 되면 귀 어두운 할머니에게 간병인이 "힘주시라고요! 힘!" 소리쳤습니다. 시큼한 배설물 냄새가 퍼지면 간병인이 할머니의 엉덩이를 닦고 새 기저귀를 채웠습니다.

마녀는 신경이 곤두서 배설물 냄새를 참을 수가 없었습니다. 그런 부족한 연민심의 자신도 견딜 수가 없었습니다.

'나 죽을 지경 되니 타인이 이리 멀구나.'

자괴감이 들었습니다. 떠돌면서 자신의 밑바닥을 다 본 줄 알았습니다. 한데 더 바닥이 있었습니다. 여기가 바닥인가 하면 더 바닥이 있고 여기가 끝인가 하면 더 끝이 있었습니다. 불안에 잠식되어 너그러움이라곤 찾아볼 수 없는 자신이 초라했습니다. 여기서마저 이러면 더는 갈 곳이 없었습니다.

병동 옥상으로 올라갔습니다. 공사 중인지 열려 있었습니다. 난간 앞으로 가 아래를 내려다보았습니다. 13층 저 아래는 주차장이었습니다. 눈을 감았습니다. 바람이 뺨을 스쳤습니다.

살던 곳에서도 떠돌던 곳에서도 자신은 형편없는 모습이었습니다. 어딜 가도 어떤 경험을 해도 진짜 자신이 누군지 알 수 없었습니다. 도망만 쳤을 뿐인가, 회의가 밀려왔습니다.

"미안해요."

허물어지듯 주저앉았습니다.

"그래요. 내 안엔 나밖에 없어요. 아니 나조차 없어요."

바닥에 이마를 기댔습니다.

"다르게 살아보려 했어요. 배워보려 했어요. 그런데 모르겠어요. 계속 모르고만 있어요."

손등에 눈물이 툭, 떨어졌습니다.

"나로부터 벗어나고 싶어요. 쉬고 싶어요. 나 사는 동안 곁에서 힘들었을 모든 존재들에게 용서를 구합니다."

손등이 흥건히 젖었습니다.

"그만해야겠어요. 피해만 주는 내가 싫습니다."

어디선가 새침한 목소리가 들려왔습니다.

"얘, 좀 비켜주겠니?"

흠뻑 젖은 얼굴을 옆으로 돌렸습니다. 시멘트 바닥의 갈라진 틈 사이로 민들레 하나가 피어 있었습니다.

"너 때문에 빛을 못 받고 있잖니."

"나 때문에?"

뒤로 넘어지듯 바닥에 앉았습니다.

그제야 빛을 받은 민들레가 덧붙였습니다.

"좀 더 뒤로 가주면 좋겠다."

엉덩이를 오른쪽 왼쪽 번갈아 딛어가며 몸을 뒤로 뺐습니다.

"아. 이제야 빛이 온몸에 닿는구나."

민들레가 노란 꽃과 하얀 홀씨를 잎으로 살살 다듬었습니다.

"얘. 내가 어쩌다 여기까지 날아왔는지 몰라도. 이 시멘트 사이에 뿌리박고 겨우 살아내고 있거든? 그런데 넌 뭐니? 뛰어내리려는 거니?"

손등으로 눈가를 훔쳤습니다.

따스한 바람이 마녀의 머리칼을 흩뜨리고 민들레의 가는 줄기를 흔들었습니다. 홀씨들이 톡톡 떨어져 바람 따라 날아갔습니다.

"물을…… 가져다줄까?"

마녀의 말에 민들레가 듬성해진 머리를 가로저었습니다.

"됐고. 내가 받을 몫의 햇빛이나 가리지 마."

마녀는 병원복 상의 밑단에 막힌 코를 풀었습니다. 난간에 등을 기댔습니다.

"넌 여기서 얼마나 지냈니."

"너랑 말하고 싶지 않아."

"햇빛을 가려서?"

"죽으려고 해서."

"다 사정이 있는 거란다. 자기 손톱 밑 가시가 제일 아프고."

"모를 거 같니? 이 척박한 시멘트 사이 손톱만 한 흙에 기대 사는 나는 뭐, 구차하지 않은 줄 아니? 죽고 싶어도 홀씨들이 살겠다고 여기저기 날아가 뿌리를 내리는데 어떻게 죽니? 책임지려 살아내고 있는데 너처럼 약해빠진 모습을 보면 얼마나 힘 빠지는 줄 아니?"

손가락으로 시멘트 바닥을 만져보았습니다. 살갗이 긁혔습니다.

"그렇구나."

부는 바람에게 묻고 싶었습니다. 너는 네가 누군지 아느냐고. 어떻게 살아야 하는 거냐고. 숱한 곳을 돌고 돌아온 바람은 그러나 마녀의 젖은 뺨을 쓰윽 말려주고 태연히 날아가버릴 뿐이었습니다.

"옥상이란 사라지기 좋은 장소인 줄로만 알았어."

"내가 사는 곳이야. 피해 그만 주고 썩 내려가!"

앙칼진 음성에 고달픔이 담겨 있었습니다.

정착

의사에게 살 집을 구하러 외출을 나가겠다고 했습니다.

의사는 두 손을 잡고 책상 위에 팔꿈치를 올렸습니다.

“여기서 매일 먹는 약이 몇 알이지요?”

“아침 한 알이요.”

“신체 증상은 어떤가요? 긴장, 숨 막힘, 악몽.”

“거의 없었어요.”

“그래요. 지난 5개월간 거의 호소한 적 없습니다.”

“네.”

“그런데 퇴원하려고만 하면, 집을 구하려고만 하면 다시 시작됐지요?”

“네.”

“지금은 어떤가요?”

“아침부터 다리에서 긴장이 올라오고 있어요.”

“평생 병원에서 살면 괜찮겠군요.”

“……”

“매일 똑같은 약을 먹는데 늘 괜찮다가 퇴원하려고만 하면 재발하는 증상.”

"세상 밖으로 나간다는 게 부담스러워서겠죠."

"잘 아시네요. 느긋한 삶에 대한 뜻 모를 죄책감. 목적 잃은 상실감. 지난 삶에 대한 허무함. 생에 대한 부담감. 계속 호소하시는 그런 것들은 약으로 해결되는 게 아닌 거죠. 그러니 그동안 증상을 가라앉힌 것도 약의 도움이 아닐 수 있어요."

"마음의 문제네요."

"그렇죠. 마음의 문제예요. 그게 매우 강하게 작용하고 있습니다. 당신에겐."

"어쩌죠."

"번아웃 따윈 이제 잊으세요. 계속 그렇게 살았다면 나중에 더 큰 병이 왔겠죠. 차라리 좋은 기회라고 생각하세요. 앞만 보고 달리는 삶을 중단하고 새로운 삶을 살아갈 기회가 온 거죠. 우울증도 잊으세요. 일상이 갑자기 중단되면 누구나 우울해집니다. 증상이 올라오면 '내가 불안한가보다', '내 몸이 나를 살리려고 하는구나' 해버리세요. 5개월 지켜본 바로는 충분히 그래도 됩니다."

의사가 차트를 닫았습니다.

"이번엔 정착해 살 집을 정해보세요. 할 수 있어요."

외출증을 끊고 서울의 서쪽 끝자락으로 갔습니다. 바로 이사 올 수 있게 비어 있는 집만 보았습니다. 이제 와 삶을 다시 시작한다는 게 막막했지만 비어가는 잔액이 더는 도망칠 수 없는 현실을 상기시켰습니다. 돈이 있어 떠돌 수 있던 것이니 그마저 사치였는지도 모르겠습니다.

어딜 가든 마음을 그대로 갖고 가는 한 그곳은 언제든 다시 지옥이 될 수 있다는 걸 경험으로 알았습니다. 구원의 문제나 뇌와 약의 문제가 아니란 것도 알았습니다. 이제 한 곳에서 버티고 견뎌내야만 했습니다.

마지막으로 본 집은 개량 한옥이었습니다.

"불편해서 인기는 없지만, 취향에 맞을지도 모르니까요."

중개사는 주인이 60대 중반의 여류 화가로 미국과 한국을 오가며 산다고 했습니다. 잠가둔 방을 제외한 나머지 공간을 사용한다는 조건에 맞는 사람이 없어 오래 비어 있다고 했습니다.

마녀는 보자마자 그 자리에서 스마트폰 뱅킹으로 계약금을 넣었습니다. 전세금이 저렴했고 무엇보다 살림살이가 있어 좋았습니다. 산자락 아래에 있어 차 소리가 안 들렸고 근처에 빌딩이 없었습니다. 시야가 트인 마당이 있고 이제 정착해야만 하고 어쨌든 이곳에 들어와 살리라 마음먹었습니다.

궁산에 한 마녀가 살고 있습니다

5

누군들 힘들지 않겠습니까

궁산이라 불리는 작은 산기슭에 한 마녀가 2년째 살고 있습니다.

자연이 무성했던 여행지에서도 그랬듯 이곳에서도 가끔 쫓기는 듯한 조바심과 알 수 없는 긴장감이 다리에서부터 올라옵니다. 그럴 때마다 혼잣말을 합니다.

"내가 불안한가보구나. 모든 걸 새로 시작하려니 당연히 그렇겠지."

그럼 신기하게도 스르르 잦아들다 멈춥니다. 깊은 탈진도 전보다 나아지고 있습니다. 아주 더뎌서 느끼지 못하는 사이 돌아보면 그래도 견딜만해져 있습니다.

도시에서 번 돈은 긴 칩거와 방황과 궁산에서의 백수 생활로 남아 있지 않습니다. 이제 전세 보증금 담보 대출을 받아 생활하고 있습니다. 매월 은행 이자 갚기도 빠듯합니다. 돈을 벌어야 합니다.

며칠 전 중개사에게서 전화를 받았습니다. 집주인이 한국에 잠시 다녀간다고 합니다. 함께 지내는 게 싫지 않다면 계약을 연장할 수 있다는 말도 전합니다. 본 적 없는 사람과 한 집에서 지낸다는 게 부담스럽지만 대안이 없습니다. 별수 없이 그녀를 기다리기로

합니다.

'될 대로 되라지!'

내려놓았으되 쥐어야 할 것조차 쥐지 못하는 어정쩡한 일상이 지속되고 있습니다.

마녀는 얼마 전 뱀이 들어왔던 돌담 아래 구멍을 진흙으로 메꾸고 있습니다. 개구리를 삼키던 뱀의 목구멍이 떠오릅니다. 진저리를 칩니다. 작은 돌과 흙을 섞어 덧대고 덧대봅니다.

끼익, 오래된 대문이 안으로 젖혀집니다. 또각또각 구두 굽 소리와 캐리어 바퀴 소리가 이어집니다. 고개를 돌립니다. 붉은 곱슬머리를 허리까지 늘어뜨리고 몸에 딱 붙는 민소매 원피스를 입고 귀에 피어싱을 한 여자가 양손에 캐리어를 들고 서 있습니다.

마녀는 손에 흙을 묻힌 채 일어납니다.

갈색 곱슬머리와 붉은 곱슬머리가 서로를 마주 봅니다.

"당신이군요. 이 집을 지켜준 고마운 분이."

의외의 다정한 목소리가 붉은 곱슬머리에게서 나옵니다.

"혹시 60대 여류 화가라던 그……."

"미니킴이라고 불러주세요."

집주인이 활짝 웃으며 마녀의 흙 묻은 손을 잡습니다.

"아, 흙이."

"괜찮아요. 집 좋죠?"

"네. 저는 마녀예요."

"안녕하세요. 마녀."

"안녕하세요. 미니킴."

미니킴은 캐리어를 끌고 마당을 가로질러 한옥 앞에 세워둡니다. 올라가 잠겨 있던 왼쪽 방과 작업실을 엽니다.

마녀는 캐리어를 마루 위에 올려줍니다. 미니킴은 작업실에 들어가서 한참을 나오지 않습니다. 그 안이 궁금한 마녀는 주변을 맴돕니다. 고개를 빼고 보니 이젤에 올려진 도화지에 스케치를 하고 있습니다.

"도착하자마자 그림 그리는 거예요?"

망설이다 안으로 들어갑니다. 그녀의 연필 끝을 따라가다 보니 어느새 삭발한 여자의 상반신이 완성됩니다. 눈과 코와 입이 생깁니다. 나이를 가늠할 수 없는 여자의 얼굴은 고통스러워 보입니다.

"공항에서 본 얼굴이에요. 잊어버리기 전에 그리고 싶었죠."

두 시간여 넋 놓고 그림 그리는 걸 보는데 종아리에서부터 소름이 올라오려 합니다.

"힘들어 보여요. 이 여자."

"그렇죠? 그래 보였어요."

"뭐가 인상적이어서 그림으로 남기나요?"

"깊어 보였어요."

"뭐가요?"

"고통이."

허리를 타고 어깨로 올라오는 긴장에 팔을 주무릅니다.

"누군들 힘들지 않겠어요."

미니킴이 가벼운 어투로 덧붙입니다.

이제 긴장으로 굳어지는 몸을 주무르는 일은 익숙합니다. 떠돌면서 느낀 건, 자신만이 아니라는 사실이었습니다. 누군들 힘들지 않겠습니까. 그 말이 미니킴의 입에서도 나오자 안심이 됩니다. 함께 지낼 수 있을 것 같습니다.

고통 없는 존재

마녀는 앉아서 미니킴의 머리통을 양 손으로 쥐고 있습니다.

이게 왜 내 손에 있지. 하면서 보는데 손에 쥔 머리통이 마녀의 머리통으로 변합니다. 내 머리통이 왜 내 손에 있지. 하면서 보는데 손에 쥔 머리통이 스케치 속 삭발한 여자로 변합니다. 머리통을 내려놓고 자신의 머리를 만져봅니다. 비어 있습니다. 몸만 있습니다. 바닥에 있는 머리통을 들어 목에 올립니다. 거울을 보니 머리는 미니킴이요, 몸은 마녀입니다. 다시 보니 머리는 마녀요, 몸은 미니킴입니다. 다시 보니 머리는 삭발한 여자요, 몸은 마녀입니다.

어디선가 소리가 들립니다.

"머리통과 씨름하지 마라."

소리는 점점 온몸으로 퍼져갑니다.

화들짝 눈을 뜹니다. 침대에 누운 채 손으로 머리를 만져봅니다. 머리가 제자리에 있습니다. 몸을 만져봅니다. 몸도 제자리에 있습니다. 눈을 감고 다시 잡니다.

며칠이 지납니다.

아침에 일어나면 미니킴은 어느새 이른 산행을 마치고 대문으로 들어섭니다. 채소와 과일을 믹서에 갈아 마녀에게 주고 자신도 마십니다. 마녀는 주스를 마시며 마루에 엉덩이를 붙이고 앉아 발을 하릴없이 흔듭니다. 미니킴과의 일상은 생각보다 편안합니다. 사람이 편할 수도 있구나, 처음 경험해봅니다.

미니킴은 작업실로 들어가 그림을 그립니다. 마녀는 죽을 끓입니다. 미니킴이 작업실에서 나오는 오후 3시 즈음, 마녀의 죽은 실패합니다.

미니킴은 산으로 장작을 구하러 올라갑니다. 마녀는 약초를 구하러 갑니다. 두어 시간 궁산을 함께 걷다가 태양이 산 너머로 넘어가기 전 집으로 돌아옵니다.

마녀는 그날 밤의 꿈 얘기를 미니킴에게 하지 않았습니다. 그저 그녀의 얼굴을 가만히 들여다보거나 작업실에 들어가 그림 속 삭발한 여자의 상반신을 한참 들여다보았을 뿐입니다. 미니킴의 작업실에는 여자의 상반신이 늘어갑니다. 그 얼굴들은 하나같이 힘들어 보입니다.

여름의 끝자락입니다. 마당을 돌아다니는 토끼와 닭을 눈으로 쫓으며 대청마루에 미니킴과 마녀가 나란히 앉아 있습니다.

"왜 말하지 않아요? 내 머리통과 당신의 머리통이 뒤섞이던 꿈 얘기를?"

동그래진 눈으로 미니킴을 봅니다. 미니킴이 웃습니다.

"나도 그날 밤 꿈을 꿨거든요. 다음 날 내 얼굴을 뚫어져라 보던 당신의 눈빛을 보고 알았어요. 마녀도 같은 꿈을 꿨구나."

"어떻게 그럴 수 있죠?"

"뭐, 그런 일도 있을 수 있죠."

미니킴이 왼 다리를 오른 다리 위에 포개고 손을 무릎 위에 올립니다.

"있죠. 나는 한때 비구니였어요."

미니킴과 비구니라니, 어울리지 않습니다.

"보다시피 나는 꽤 분방한 성격이에요."

"그런데 비구니가 되려 했어요?"

"어릴 때부터 서러움이랄까, 그런 감정을 자주 느꼈어요. 이유를 알 수 없는. 밑바닥에서부터 올라오는. 그림을 그릴 때면 그런 기분이 사라지곤 했어요. 그래선지 그림에 몰두했어요. 내 전부를 걸어도 좋을 만큼. 미대에 가서 상도 여럿 받았죠. 나는 예술이 세상을 구원할 수 있을 거라 믿었어요. 나의 서러움을 상쇄해주듯 세상의 아픔도 위로할 수 있을 거라고. 그런데 아니었어요. 그림을 그릴 때의 나와 아닐 때의 나는 너무나 달랐어요. 그림을 그리지 않을 때, 나는 서러움을 어쩌지 못해 아무 짓이나 했어요. 술도 마시고 남자도 여럿 만나고 비밀로 간직할 일탈도 수없이 했죠."

말없이 듣기만 합니다.

"도대체 이 서러움이 어디서 오는 것인지 모르겠어서, 이리저리 끌려다니는 것 같아서, 끝장을 보자는 마음에 절에 들어갔어요. 머리를 밀어버렸죠. 화끈하죠?"

"그랬군요. 고통 없는 존재란 없군요."

자신의 말이 무심하다 싶으면서도 뭐든 그럴 수 있는 인생이라는 생각이 듭니다.

가만히 달을 봅니다. 미니킴도 달을 봅니다. 둘은 말이 없습니다.

일몰의 황홀함

미니킴과 지내는 내내 마음이 잔잔합니다.

그래선지 안식년이 지나면 미국으로 가야 한다는 말에 적잖이 실망하고 있습니다. 미니킴은 미국의 한 대학에서 미술을 가르치다가 한국으로 잠시 쉬러 왔습니다. 산을 오르고 느긋하게 그림을 그리는 미니킴의 일상은 단조롭고 평화로워 보입니다. 자신의 일상도 단조롭고 평화롭게 흘러가는 게 신기합니다.

오늘은 미니킴을 위해 죽을 끓여봅니다.

주걱을 저으며 마당에 떨어진 라일락꽃 한 다발과 강렬한 태양빛 한 움큼, 사시사철 불어오는 바람 한 뭉텅이 넣습니다.

주문을 외웁니다.

"세월이 흘러도 늙지 않을지니, 젊음의 향기가 오래 지속될지어다."

미니킴이 자신의 긴 머리카락을 손으로 쓰다듬습니다.

"그게 날 위한 죽이에요?"

"네."

"나 그거 먹으면 안 늙어요?"

미니킴이 씩 웃고는 정색하듯 묻습니다.

"내 얼굴이 그렇게 늙어 보여요?"

마녀는 당황합니다.

"건강하면 좋잖아요. 또, 눈가의 잔주름도 없어지면……."

"이봐 이봐. 내 눈가의 잔주름이 어때서!"

미니킴이 더 크게 웃으며 놀립니다. 그림을 그리러 작업실로 들어가다가 고개를 돌립니다.

"다 되면 한 그릇 주든지요."

머리를 긁적이며 다시 주걱을 젓습니다.

"다 됐다!"

장작의 불을 끕니다. 마당에 있던 라일락이 솥 안으로 꽃잎을 후드득 떨어뜨립니다.

"안 돼! 비율이 깨지잖아!"

소리치는 마녀에게 라일락이 발끈하며 말합니다.

"평생 젊으라니. 대체 언제 쉬라는 거지? 응? 마녀야."

"죽으면 어차피 쉬잖아. 늙어 죽는 것보단 젊은 채로 죽는 게 낫고. 뭐가 불만이야?"

"살아 있는 것들은 포기를 몰라. 생명 있는 존재는 다 그래. 살기 위해 존재하니까. 죽음만이 멈추게 할 수 있어. 방해하지 마."

"죽음을 막을 도리는 없어. 노화만 막아보겠다고. 젊게 살다 죽자고."

"젊은데 어느 생명이 죽으려 해!"

라일락이 쏘아붙입니다.

"그럼 좋잖아. 죽기 싫을 정도로 젊고 싱싱하면!"

마녀도 지지 않습니다.

"아쉬워서 죽지도 못할 고통의 지속일 뿐!"

"어째서."

"삶은 고난이야. 비 맞고, 눈 맞고, 찌는 볕에 허덕이고, 껍질 두껍게 말아 몸통 움추리며 겨울을 난다. 그렇게 겨우 살아. 젊으면 비 안 맞니? 눈 안 맞아? 찌는 볕이 피해 가? 추위가 비켜 가? 삶이 쉬워져?"

"버티는 힘이 다를 거 아냐!"

"닥쳐라 마녀!"

라일락의 둥치에서 고함이 울립니다.

마녀는 하늘로 뻗은 가지와 꽃잎, 몸통의 껍질, 밑동과 흙이 맞닿은 부분을 봅니다. 몇 살일까 라일락은.

"나는 수많은 계절을 지나왔어. 내 옆 커다란 플라타너스에 가려 반쪽 햇빛 받으며 어찌어찌 자랐지. 새싹이던 여린 날도 꽃 피어 찬란한 날도 갈빛으로 저문 날도 눈 덮여 시린 날도 지나고 또 지났어. 봄이면 먼저 피는 매화의 고운 자태도 눈부신 벚꽃도 귀여운 진달래도 은은한 철쭉도 화려한 장미도 저마다 아름다워서 나는 내 꽃송이 더 싱그럽게 하려 바둥댔어. 사랑받으려 애썼어. 내내 싱싱하고 싶은 마음은 욕심이야. 버티며 살게 하지 마라."

마당의 푸릇한 나무와 저마다 핀 꽃을 봅니다. 화사합니다.

"욕망은 저절로 사그라지지 않아. 서서히 늙어야 해. 병들어야 해. 마음에서부터 받아들일 수 있게. 놓을 수 있게. 자연의 순리를 내버려둬."

라일락이 질색하며 꽃잎을 마저 털어냅니다.

"삶이 무겁지 않다는 건가?"

"무겁지만……."

"영원히 살고 싶단 건가?"

"끔찍하지."

"그럼 반드시 죽자. 늙음을 거쳐 서서히 죽자. 젊음의 죽음은 더 가혹한 것. 끝없는 욕망은 커다란 고통."

마루로 가 걸터앉습니다.

미니킴이 밖으로 나옵니다.

"죽 완성됐어요?"

"아뇨. 망했어요. 라일락 때문에……."

미니킴이 옆에 앉아 시무룩해진 마녀의 어깨에 팔을 걸칩니다.

"나 늙어 보여요? 그래서 안 예뻐요?"

"아뇨. 그게 아니라……. 눈가의 주름을 없애주고 싶었어요. 짠했어요."

"왜 짠해요?"

"세월이 느껴져서. 그 아픔이. 나이테처럼 말이에요."

"이 주름은 내 훈장이에요. 나는 내 얼굴이 좋은데? 나 이쁘지 않아요?"

"예뻐요. 붉은 곱슬머리도 잘 어울리고. 또."

미니킴이 마녀의 어깨에 두른 팔을 안으로 감쌉니다.

일출보다 일몰이 더 황홀한 건 사실입니다. 주름진 눈으로 자신을 마주 보는 미니킴의 눈빛에는 깊은 이해와 공감이 어려 있습니다. 세월이 준 유대감은 젊음의 그것보다 진합니다. 하지만 두렵습니다. 이대로 하릴없이 늙어만 갈까 봐. 제대로 살아보지도 못하고 주름만 늘어갈까 봐. 그러고 보니 자신의 불안과 조바심 때문에 죽을 끓였나 봅니다.

마녀는 바꿀 수 없는 것에 미련을 두고 서성입니다. 서서히 죽어갈 용기를 갖고 싶습니다. 어떤 죽을 끓이면 그런 마음이 될까…… 조리법을 고민합니다.

감의 마지막

궁산의 감나무, 밤나무, 도토리나무가 가을볕에 토실토실 익어 갑니다.

새가 쪼아 먹기도 하고, 등산객이 지나다 따 먹기도 하고, 이웃한 주민이 가방을 들고 와 담아가기도 합니다. 가을의 끝자락입니다.

마녀는 약초를 캐러 바구니와 꽃삽을 들고 건조해져 가는 땅을 이리저리 훑습니다. 겨울이 오기 전에 약초를 모아둘 생각입니다. 꼭대기부터 산자락까지 알뜰하게 캐다 보니 해거름이 지고 있습니다.

고개를 드니 작은 절 앞입니다. 넘치게 번져가는 해넘이 사이로 담벼락 안에 있는 감나무의 빈 가지가 보입니다. 낙엽도 열매도 다 떨구어낸 앙상한 가지 끝에 익어 발그레한 감 하나가 매달려 있습니다.

"까치밥인가 보다."

탐스러워 물끄러미 보다가 발길을 돌립니다.

다음 날에도 약초를 모으러 궁산 구석구석을 다닙니다. 바구니가 얼추 찼을 즈음 문득 궁금해집니다.

'그 감 아직 있을까?'

내려가 절 앞에 당도합니다. 그대로 있습니다. 새가 쪼아 먹은 흔적 없이 매끄러운 살결은 어제보다 토실하고 붉습니다.

'까치들은 뭐 하는 거야. 얼른 쪼아 먹지 않고.'

괜한 조바심이 납니다.

'까치들 먹으라고 부러 남겨뒀을 텐데 마음도 몰라주고.'

구시렁대며 돌아섭니다.

늦은 밤. 유난히 까만 밤하늘에 걸린 달이 오늘따라 진한 주홍빛입니다.

'아직도 그대로일까?'

빠른 걸음으로 가봅니다. 별이 콕 박힌 하늘 아래 감도 붙박인 듯 있습니다. 지천에 널려 있을 땐 무심히 지나쳤는데 딱 하나 남으니 치명적으로 매혹적입니다.

홀린 듯 입구로 갑니다.

'감. 감. 감…….'

벽을 둘러 가니 대문이 굳게 닫혀 있습니다. 쪽문도 닫혀 있습니다.

'다행이다. 나도 모르게 따 먹으려 했구나. 까치에게 보시한 걸

내가 먹으면 쓰나.'

잔뜩 올라온 탐심을 반성합니다.

다음 날 눈 뜨자마자 궁금합니다. 어느 새가 먹었을까. 먹긴 먹었을까. 한달음에 가보니 감이 매달려 있습니다. 슬슬 부아가 납니다.

'저리 놔두면 저절로 익어 바닥에 떨어지고 말 텐데. 뭉개지고 터질 텐데. 왜 안 먹는 거야 새들은.'

바위에 앉아 종종 걷는 까치에게 일러줍니다.

"얘. 까치야. 저기 감 있잖아. 먹으라고 좀."

관심 없다는 듯 떨어진 낙엽을 쪼아댑니다.

"얘. 저렇게 탐스러운 걸 두고 그걸 먹니? 세상에서 제일 맛난 걸 두고?"

까치가 고개를 돌려 감을 흘낏 보고는 나뭇등걸에 옮겨 앉아 종종거립니다.

'어휴, 답답해.'

별수 없이 돌아옵니다. 죽을 끓여야겠습니다.

"인근의 새들에게 먹여야지. 저 감을 나만큼 알아보고 가치 있게 여기도록. 맛나게 먹어 감의 마지막을 따뜻하게 배웅하도록."

솥에 물과 쌀가루와 약초를 섞습니다. 새의 깃털 하나, 깊어가는 가을볕 한 줌, 단풍의 유혹 한 다발을 넣습니다. 보글보글 익어갈 때 주문을 외웁니다.

"여름에 열매 맺어 가을에 탐스럽게 익은 감의 마지막이 생명을 위한 달콤한 보시가 되리라. 제 몫을 하리라."

그릇에 담아 양손으로 감싸 쥐고 살살 걸어갑니다. 절 인근의 새를 부르려는데 어딘지 허전합니다.

'뭐지.'

이런, 가지 꼭대기에 감이 없습니다. 그릇을 내려놓고 새들에게 묻습니다.

"얘들아. 저 위에 감, 너희들이 먹었니?"

시큰둥 서로를 돌아봅니다.

"난 아닌데?"

"나도 안 먹었는데?"

'누가 따 갔나. 그럴 거면 내가 먹을걸. 뭐, 누구든 먹었으면 된 거지.'

묘한 허탈감에 서성댑니다.

'혹시 밤새 바람 불어 바닥에 떨어진 거면? 스스로 너무 익어 가지를 놓친 거면?'

그런 최악은 상상하기 싫습니다. 마당으로 가 바닥을 두리번거립니다. 있습니다. 뿌리 박힌 땅, 푸슬푸슬한 흙 위에 바닥에 세게 부딪혀 박살 난 감이 있습니다. 매끈하고 통통하던 몸피는 낙하의 충격으로 껍데기가 흉측하게 짓이겨졌습니다. 부드러운 속살은 사방으로 튀어 형체를 알아볼 수 없습니다.

"차라리 내가 먹을걸. 나는 알아봤는데. 이 감이 얼마나 탐스러운지. 맛날지."

처참한 몰골에서 눈을 떼지 못합니다. 구부리고 앉아 흩어진 조각들을 그러모읍니다.

"그러지 마."

나직한 소리가 들려옵니다. 저 앞에 찢긴 껍데기 사이로 붉은 속살을 주룩 흘리며 감꼭지가 재차 말합니다.

"이대로 놔둬."

엉금엉금 다가갑니다.

"차라리 내가 고이 따올 것을. 새들이 왜 널 외면했을까. 아프지, 감아."

"마녀야. 너는 날 따서 뭘 하려 했니?"

"세상에서 제일 맛있게 먹어주려 했지."

"새들은?"

"널 쪼아 먹었어야 했지."

살이 또 스르륵 흘러내립니다.

"마녀야. 나는 몇 번인지도 모를 생을 살았어. 계절마다 열리고 이맘때면 어느 동물이, 새가, 사람이 나를 먹었지. 나쁘지 않았어. 친구들도 그렇게 갔거든."

"그랬다면 너의 마지막이 보람됐을 거야."

"내겐 꿈이 있었단다."

귀를 기울입니다.

"누군가에 의해 먹히지 않고 바람 불어도 가지 꼭 붙들어 버티고 나 스스로 농익어가는 꿈. 더는 가지 붙들 힘 없는 날 저절로 낙하하는 꿈. 자연의 순리대로 아래를 향해 가는 꿈. 허공을 온몸으로 느끼다 흙과 조우하는 꿈. 땅에서 죽는 꿈. 터지고 날려 세월 속에서 풍화되는 꿈 말이다."

눈으로 둥치를 따라가 가지 끝 감이 매달려 있던 자리를 봅니다. 높습니다.

"가끔 친구들이 그렇게 고요히 떨어지는 걸 봤어. 나도 한 번쯤 그렇게 가고 싶었지만 늘 누군가의 손에, 새의 부리에, 거센 바람에 치이고 떨어졌단다."

땅 위에 떨어져 부서진 감 껍질엔 흙이 잔뜩 묻어 있습니다. 이대로 두면 바람이 증발해갈 겁니다. 부스스 말려 흔적을 지울 겁니다. 풍화되어 사라질 겁니다.

"이왕이면 가치 있게 가도록 하고 싶었어."

웅얼댑니다.

"내 가치는 내가 살아 존재했다가 사라지고, 다시 존재했다가 사라지는 것으로 충분해."

땅으로 서서히 내려오는 해의 잔광이 감 껍질에 번집니다.

"뜨거운 태양을 견디고 비 오면 맞고 거센 바람에 버티던 어느 날엔 그만 가지를 툭 놓아버리고 싶었던 적도 있었어. 이렇게 주어진 시간을 살아내고 저절로 떨어지다니……. 충분해. 누군가의 무엇이 되지 않아도."

흩어진 몸뚱이를 모으던 손을 거두고 일어납니다. 천천히 고개 숙여 인사합니다.

마당을 가로질러 나갑니다. 마녀의 죽을 새들이 먹고 있습니다. 딱새 한 마리가 부른 배를 두드립니다.

"마녀야. 저 위에 있던 감, 어디 갔니? 문득 그게 너무너무 먹고 싶지 뭐야. 어디로 떨어졌지?"

주위의 새들도 죽을 먹어 볼록해진 배를 하고 눈알을 굴립니다.

"감. 감. 감. 어딨지? 그걸 꼭 먹어야겠는데."

황급히 뛰어갑니다.

'풍화되게 놔둬야 해! 평화롭게 가게 해야 해!'

곧 새 떼들이 몰려올 겁니다.

'아 나 때문에 꿈이 깨지게 생겼다.'

울상이 됩니다. 도착하니 이미 개미 떼가 몰려와 갉아 먹고 있습니다. 뒤이어 날아 온 새들도 쪼아 먹습니다.

망연해집니다.

"아이코야 간지럽다."

키득키득 웃는 소리가 들립니다. 감꼭지입니다. 마녀는 우두커니 서서 이마를 쓸어내립니다.

'모든 것은…… 그렇게 되어가고 있구나.'

노을이 희부윰한 빛을 한 줌씩 한 줌씩 거두어갑니다. 겨울 초입입니다. 곧 많은 생명이 저절로 죽어갈 것입니다. 그리고 또 태어나겠지요.

단 하나의 진짜 나

솥 안의 죽이 끓고 있습니다.

"오늘은 무슨 죽을 끓여요?"

미니킴이 옆으로 옵니다.

"어제 자연사하는 감을 봤어요. 제 몫의 생을 온전히 살아내고 가는 마지막은 아름다웠어요."

"모든 생명은 그렇게 가지요."

"그런가요?"

물음에 미니킴이 되묻습니다.

"아니면요?"

"이렇게 죽을 끓이며 죽음을 앞당기고 싶은 욕망을, 스스로 끊어버리고 싶은 욕망을 다스리지요. 죽을 저으며 부글부글 끓는 생각과 감정을 진정시켜요."

밤새 감의 박살 난 속살과 그것을 갉아 먹는 개미와 새들을 생각하며 잠들었습니다. 살아 있는 모든 생명이 존경스러웠습니다. 삶이 좀 끝나줬으면, 허무와 피곤에 겨워 이쯤에서 놓아버릴까, 가끔 바라온 자신의 열망이 미웠습니다. 자고 일어나니 기분이 좋지 않았습니다. 이른 아침부터 죽을 끓이고 있는 이유입니다.

"지난하고 치열한 투쟁의 역사가 담겨 있는 죽이로군요."

미니킴이 마녀의 손에서 주걱을 가져갑니다. 보글보글 부글부글 방울방울 퐁퐁, 올라오는 거품을 일일이 때립니다.

"들어가 이것들아! 이놈! 저놈! 요놈!"

"뭐 하는 거예요."

"끓어오르는 생각과 감정을 때려 없애고 있지요."

주걱을 도로 가져옵니다. 그러곤 바닥을 긁듯 천천히 젓습니다.

"그러면 죽이 더 끓어요. 이렇게 살살 저어줘야 해요."

"달래듯?"

"네?"

"마음을 달래듯 저어주고 있느냔 말이에요."

"음……. 이를테면 뭐."

"때려 없애는 것보단 낫군요. 살살 달래주는 게."

미니킴은 붉고 긴 곱슬머리를 고무줄로 아무렇게나 묶으며 덧붙입니다.

"때리든, 달래든, 다 익어야 가라앉잖아요. 부글부글대는 거품은."

“네. 그걸 보며 대리만족해요. 끓는 속을 어쩌지 못하니까.”

미니킴이 11월 초입의 높은 하늘을 올려다봅니다.

“당신은 젊은 날의 나와 닮았어요.”

“지금도 닮지 않았어요?”

마녀가 미니킴의 뽀글 머리를 보며 웃습니다.

“그렇죠? 아무래도.”

“모레인가요? 미국으로 돌아가는 날이?”

미니킴이 고개를 끄덕이며 예의 한쪽 팔로 마녀의 어깨를 끌어당깁니다.

“있지요. 내가 머리 밀고 사찰로 들어갔다는 얘기 했죠?”

“네.”

“내가 누군지 어디서 왔는지 어디로 가는지 알지 못하고는 살아지지 않아서, 끝없이 궁금해하는 것만으로는 지쳐서, 뭣보다 내 안의 서러움에서 벗어나려 머리 밀고 사찰에 들어갔죠. 그리던 그림도 때려치우고요.”

마녀는 장작의 불을 조절합니다.

“한데 수행은커녕 하루 세끼 밥상 차리다 보면 하루가 다 가곤 했어요. 이게 뭐 하는 건가, 회의감이 들었죠. 어느 동짓날 부엌에서 팥죽을 끓였어요. 방울이 하도 여기저기 부글부글 올라오니까, 이 짓 하는 것도 맘에 안 들고 해서 주걱으로 하나하나 때렸지요. 아무리 때려도 방울은 계속 올라왔어요."

"저어줘야죠."

미니킴은 나무 선반 빈자리에 엉덩이를 대고 앉습니다.

"그래요. 맞아요."

미니킴이 온화하게 웃습니다.

"반년 만에 절에서 나왔어요. 팥죽 끓이다 주걱 내던지고 다시 세상으로 나온 거죠. 머리를 기르고 그림도 다시 그렸죠. 미국으로 유학 가서 더 공부하고 전시회도 열고 대학 강의도 나가고."

팥죽 끓이다 파계승이 되었다니, 좀 뜬금없습니다.

"솥 안에서 끓고 있는 죽은 방울이 몇 개든 하나의 죽이었어요. 하나의 죽에서 끓고 있는 방울들이었어요."

고백 같은 미니킴의 말이 이어집니다.

"다 내 안에서 나오는 번뇌인데 일일이 때려잡으며 이리저리 끌려다닌 거였어요. 절에 들어가선 밥하는 일과 수행하는 일을 구분하다니, 어리석었죠. 밖에 있으나 절 안에 있으나 나는 나인데, 다 내 마음의 문제인데, 환경이 해결해주길 바란 거였어요. 도피랄까요. 나는 팥죽을 때려잡는 식으로 나를 다스리는 스타일인데 말이에요."

"하긴. 죽 방울을 때려잡고 있는 게 웃기긴 하다."

마녀가 웃음을 터뜨립니다.

둘은 서로를 보며 한참을 웃습니다.

미니킴과의 사이엔 벽이 없는 것 같습니다. 그런 사람을 만나는 일은 흔치 않은 행운인 걸 압니다.

"숨 쉴 곳을 찾아 여기저기 떠돌아다닌 저야말로 도피의 연속이었죠."

"피하지 않고 대면해야 성장해요."

"성장……."

미니킴이 마녀의 등을 두드리곤 그림을 그리겠다며 작업실로 갑니다.

마당을 지나 마루의 문을 열고 올라가 작업실로 들어가는 미니킴의 발소리를 들으며 마녀는 죽을 젓습니다. 미니킴은 자신의 스타일대로 부글대는 속을 때려잡으려 그림을 그립니다. 마녀는 속을 저으려 죽을 끓입니다.

주걱을 가만가만 젓다가 멈춥니다. 그러고 보니 정말 하나의 솥, 하나의 죽에서 솟아오르는 수십 개의 거품입니다.

"뿌리가 없어서 자신을 못 믿는 거야." 오래전 플라타너스가 했던 말이 스쳐갑니다.

두 손을 가슴에 댑니다. 솥 안의 거품을 봅니다.

'그래. 보이지 않지만 땅 밑에 뿌리가 있지.'

깊은 밤. 마녀는 방바닥에 앉아 창에 얼비치는 달빛을 봅니다. 손바닥으로 왼쪽 가슴께를 짚습니다. 나머지 손을 포갭니다.

"거기서 끓어오른 것이니 거기서 해결해. 다른 누구도, 어떤 장소도, 어떤 약초도, 어떤 형상도 아닌 오직 거기 있는 너만이 할 수 있어. 내 마음의 뿌리, 단 하나의 진짜 나."

방 안에 고여 있는 달빛을 봅니다. 이 빛을 따라가면 진짜 달을 만날 수 있겠지……. 어쩐지 온 우주의 '진짜들'이 고독하게 버티고 있을 것만 같습니다. 알아주기를, 찾아내주기를 말입니다.

미니킴이 처음 왔을 때처럼 캐리어 두 개를 끌고 대문을 나섭니다.

"죽은 계속 끓일 거죠?"

"언젠가 멈추겠죠."

"그렇게 생각해요?"

"사는 동안엔 계속 끓겠지만 언젠가는 푹 익을 거예요."

"이왕이면 많은 걸 보고 많은 사람과 만나면서 다양한 소스의 죽을 끓여보세요. 어차피 한 번 살다 가는 거."

또다시 황량한 뒷골목을 지키는 플라타너스가 눈앞에 아른거립니다.

"있죠. 내 안의 근본을 찾으러 내 마음을 달래러 절에 들어갔을 땐요. 그래도 한 생각에만 집중할 수 있었어요. 그런데 밖으로 나오니 먹고살기 바쁘고 사람들과 부대껴야 하고 이런저런 욕망을 자극하는 것들이 많아서 도무지 집중할 수가 없더라고요. 세상 속에 살면서 내 근본을 찾고 마음을 보는 일이야말로 정말 고된 훈련 같아요. 세상이야말로 진정한 수행처 아닐까요."

고개를 끄덕이며 수긍합니다.

"오죽해야 말이죠."

미니킴이 또 웃음을 터뜨립니다. 마녀도 웃습니다.

"이놈의 세상."

"이놈의 삶."

"어쨌든 살아냅시다."

"진화라면서요."

"그러니까 살아낼 만한 거죠."

누구의 입에서 나온 말인지 모를 정도로 닮은 둘은 인사를 나눕니다.

미니킴은 안방과 작업실을 열어두고 떠났습니다. 열려 있는 작업실 문을 닫으러 갑니다. 열 개 남짓한 그림이 눈에 들어옵니다. 한 점 한 점 찬찬히 봅니다. 생김이 다른 민머리 여자 열 명. 하나같이 고통스러운 얼굴입니다. 그러나 그 열 명의 얼굴은 그 고통은 그 무게는 더 하고 덜 한 것 없이 비슷해 보입니다. 그래서 참을만해 보이고 그래서 가엾습니다.

방문을 닫으며 말합니다.

"살아남아줘서 고맙습니다."

에필로그

마녀는 플라타너스 가지에 쌓인 눈을 털어냅니다.

"알 수 없는 아픔도 불확실한 생에 대한 두려움도, 올라온 내 마음자리, 진짜 나에게 돌려 넣는다. 거기서 해결하렴."

플라타너스가 눈을 후드득 떨어뜨립니다.

"또 생각이 끓어오르기 시작했구나."

마녀는 솥 안에 눈과 쌀가루를 넣습니다. 주걱으로 젓습니다.

밖에서 우체국 직원이 대문 사이로 편지를 던져두고 갑니다. 달려가 우편물을 펼칩니다.

'발신인, 대한민국 죽 협회. 수신인, 마대표. 내용, 제22회 대한민국 죽협회 계절 연구사업 및 홍보방안 발표회. 일정, ○월 ○○일. 장소, 서울 서초동 ○○빌딩 15층 A실.'

편지를 주머니에 넣고 마루로 갑니다. 걸려 있는 달력 위에 펜으로 동그라미를 그립니다.

"갈 거야?"

토끼가 묻습니다. 닭이 말합니다.

"어떻게 믿어."

토끼와 닭이 어깨를 으쓱합니다.

마녀는 죽을 천천히 젓습니다.

"저기 봐!"

마녀가 가리키는 쪽을 토끼와 닭이 쳐다봅니다. 얼른 토끼털과 닭털을 하나씩 뽑습니다.

"아야!"

두 녀석이 입을 삐쭉거립니다.

죽에 뽑은 털을 넣습니다. 주문을 외웁니다.

"용기 내는 자에게 필요한 건 격려의 말뿐이니. 종일 들려올지어다."

푹 익은 냄새를 맡으니 기분이 좋아집니다.

마녀는 토끼와 닭에게 죽 묻힌 건초와 모이를 줍니다. 두 녀석은 맛있게 냠냠 먹습니다.

대청마루에 누워 하늘을 봅니다. 달력에 그려둔 동그라미를 봅니다. 서초동 뒷골목이 그려집니다.

'플라타너스는 거기 그 자리를 지키고 있겠지.'

떠올리자 마블스킨에게 물을 주고 있을 요요가, 그 동네의 사람들이, 떠난 후 만난 물고기와 낚시꾼과 머물던 곳의 집주인과 지네와 마블스킨과 병원에서 만난 사람들과 민들레와 이곳에서 만난 명상가와 소나무와 상수리나무와 느티나무와 달팽이와 뱀과 라일락과 감과 미니킴과 그림 속 여자들이 연이어 지나갑니다. 다들 제 몫의 삶을 제 방식대로 안간힘 다해 살아가고 있습니다. 어떤 존경 어떤 연민이 차오릅니다. 오랜만에 가보는 도심 한가운데, 어떻게든 잘 다녀와보리라 다짐합니다.

어디선가 상냥하고 다정한 음성이 들려옵니다.

"토닥토닥"

고개를 마당으로 돌립니다. 토끼 입에서 나오는 소리입니다.

"토닥토닥, 토닥토닥, 토닥토닥"

저쪽에서도 다정한 음성이 들립니다.

"토닥토닥"

닭의 입에서 나오는 소리입니다.

‘토닥토닥, 토닥토닥’

들을수록 좋습니다.

그런데 발음이 이상합니다. 자세히 들어보니 ‘토닥토닥’이 아닙니다.

“토닭토닭, 토닭토닭, 토닭토닭”

큭큭 웃습니다.

토끼와 닭은 마녀 주변을 거닐며 몇 시간이고 격려의 말을 해줍니다.

“토닭토닭, 토닭토닭, 토닭토닭, 토닭토닭, 토닭토닭……”

마녀는 토끼털과 닭털의 비율 조절에 실패했습니다. 오늘도 죽쒔습니다. 그래도 그날 내내 마음이 따뜻했습니다.

작가의 말

'나는 누구고, 어디서 왔고, 어디로 가는가.'
어린 시절 누구나 한 번쯤은 품어봤을 흔하디흔한 의문.
그 평범하고 당연한 의문은 그러나 좀처럼 해소되지 않았다.

시간이 흐르고 삶도 흘렀다.
살아내느라 방치한 의문에서 곰삭은 진물이 흘렀다.

뚝뚝, 떨어지는 그것을 어찌해야 할지 몰라 가방을 싸 들고 무작정 전국을 떠돌았다.
칩거와 방황이 8년을 넘겼다.
그 시간을 이 책에 담았다.

여전히 해답을 구하진 못했다.
다만 찾고자 밖으로만 향해 있던 시선을 안으로 돌렸다.
지금의 나는 나를 향해 간절하다.

책 속, '마녀'의 목소리를 빌려와 본다.

'달빛을 봅니다. 이 빛을 따라가면 진짜 달을 만날 수 있겠지…….
어쩐지 온 우주의 '진짜'들이 고독하게 버티고 있을 것만 같습니다.
알아주기를, 찾아내주기를 말입니다.'

'마녀'가 알려주었다. 살아 있는 모든 존재들은 말을 한다고.
그리하여 나도 들어본다.

저 밤하늘에 걸린 무수한 별빛은 수만 광년을 날아온 행성들의 메시지.

소곤대는 소리가 들린다.

'나는 이 안에 있어. 진짜 나를 발견해줘.'

광대한 우주 안의 모든 생명이, 제 나름의 방식으로 전하는 소리.

'나는 분명히 있어. 찾기를 포기하지 말아줘.'

자신을, 서로를 포기하지 않았으면 좋겠다.

나도, 당신도, 마녀도.

함께하는, 나우주